TERCIOPELO VIOLENTO

colección andanzas

JUVENAL ACOSTA

TERCIOPELO VIOLENTO

Diseño de la colección: Guillemot-Navares
Ilustración de portada: © Marcos Appelt / Arcangel
Fotografía del autor: Javier Narváez

Avenida Presidente Masarik núm. 111, 2o. Piso
Colonia Polanco V Sección
Deleg. Miguel Hidalgo
C.P. 11560, Ciudad de México
www.planetadelibros.com.mx

1.ª edición en Andanzas en Tusquets Editores México: enero de 2017
ISBN: 978-607-421-892-3

Impreso en los talleres de Litográfica Ingramex, S.A. de C.V.
Centeno núm. 162-1, colonia Granjas Esmeralda, Ciudad de México
Impreso y hecho en México – *Printed and made in Mexico*

A la memoria de dos grandes narradores mexicanos
que fueron generosos con este desconocido:
Sergio Galindo y Juan García Ponce.

A la memoria de Ernesto Sabato.
El día de su muerte me fui a caminar por
Buenos Aires en busca de Juan Pablo
Castel, Martín, Bruno y Alejandra.

Índice

Prólogo
La historia no comienza 15
Cualquier punto de referencia 19

I
1. ¿En qué idioma? 25
2. Esta es la historia del cazador 27
3. Para alguien acostumbrado 38
4. Calor y oscuridad 42
5. El timbrazo del teléfono 45
6. Tengo ganas de olerte 55
7. El otro es un país 59
8. Hijo de la chingada 61
9. Pasaron tres semanas 66
10. Deben ser los tiempos 70

II
1. Vestido de negro 75
2. Galope muerto de los días 79
3. San Francisco es una ciudad 81

4. Se sentó frente 89
5. Nunca le pregunté 95
6. No hay pasión más profunda 102
7. En esta fotografía 104
8. El mismo minuto 108
9. El olor embriagante 114
10. Al cabo de algunas semanas 117
11. Mientras miraba la libreta 121
12. El auto sube la pendiente 125

III

1. Si San Francisco es la frontera 129
2. Hoy sucedió algo interesante 132
3. Julián Cáceres tenía dos semanas 134
4. Su vanidad le impidió 138
5. La única persona 143
6. Domingo Santos 149
7. Porque nada en la vida 151
8. Las dos pruebas más contundentes 158
9. ¿Sería suficiente para calmar...? 163
10. Tal vez porque arriesgaba la vida 166

Epílogo

Llevaba setenta y dos horas sin dormir 187
Solamente dos lugares 191

I never was the girl next door...
BETTIE PAGE

El pozo es una metáfora de lo oculto,
el laberinto es una metáfora de lo indescifrable.
J. C.

¿Qué le habrán hecho mis manos?
¿Qué le habrán hecho,
para dejarme en el pecho
tanto dolor?

HOMERO EXPÓSITO
versión de Roberto Goyeneche
Tango *Naranjo en flor*

Prólogo

La historia no comienza en la entrada del laberinto –esa puerta mítica marcada por los signos del terror y el deseo. No comienza en las puntas de los dedos de una Ariadna traicionada que sostiene en la vulnerable eternidad del occidente la punta de un hilo enamorado cuyo otro extremo llega hasta el corazón mismo de esa construcción. La historia ni siquiera comienza en las pupilas dilatadas de Pasifae que descubre al toro mientras dentro de ella otra mujer siente cómo su centro se humedece con la idea de lo prohibido. Pero en algún momento hay que comenzarla. La del laberinto es una historia simultánea de salvación y ruina, de triunfo dudoso de la razón humana sobre la vergüenza y el apetito. Las de nuestro tiempo son historias todas de salvación imposible y derrota. Las historias que uno escribe en el borde de esta cicatriz milenaria, en la costra absurda de esta transición, están todas condenadas al fracaso de sus protagonistas, es decir, nosotros mismos.

Digamos que un hombre que ha dejado de ser joven vuelve a su apartamento después de una estadía de casi tres meses en un hospital. Lo primero que hace después de cerrar la puerta no es revisar la enorme pila de correo que su vecina ha acomodado prolijamente sobre una mesa, sino buscar las *Suites para Cello* de Bach interpretadas por Pablo Casals. La música le orienta, le permite comenzar a recuperar ese espacio de una manera gentil. Con paso torpe (cojea de una pierna, consecuencia de la embolia) se acerca a su escritorio y saca de un cajón un sobre de manila que contiene fotografías. Tal vez sin darse cuenta (¿cómo saberlo?) actúa de manera mecánica la rutina sentimental de este siglo que termina, la de recapitular la vida a través de imágenes capturadas en fotografías. Se sienta. No, se derrumba en su sillón mientras los sonidos del cello crean una atmósfera apropiada para que sus ojos realicen el recuento de los rostros vivos y muertos en su vida. Un abuelo con su habano. Padre y madre jóvenes. Rostros más jóvenes que el suyo, más saludables. No sabe si la felicidad de sus sonrisas es auténtica o improvisada para efectos de la foto, ahora vieja. Luego él. Once años, tal vez doce. El uniforme escolar y la carita redonda no ocultan la intensidad precoz de sus ojos negros. La distancia abismal que existe entre ese rostro niño y el de ahora, que sus dedos tocan sin entender qué sucedió entre las dos pieles, parece dolerle. Demasiada historia de por medio.

La palabra «historia» le molesta. En español hay al menos dos significados para la misma palabra. En inglés la diferencia es clara: *History* no es lo mismo que *story*. Porque vive en el extranjero, a veces su lengua natal, su español, le resulta insuficiente. A veces su idioma no le ayuda a expresar claramente lo que ahora necesita expresar. ¿Por qué? Porque se ha acostumbrado a sentir y pensar en otro idioma. A pesar de todas sus consideraciones al respecto, sabe que su historia –su historia personal, la historia accidentada de su vida– no ha tenido ni tendrá ningún peso en eso que conocemos como Historia, con mayúscula. La suya es una vida pequeña, intrascendente. Una vida menor. Pero es suya, se dice. Esta es la prueba, se dice, mientras sus manos se aferran a esas fotografías y en la habitación el cello le confirma la sospecha de que si no ha muerto es porque todavía hay algo en el mundo para él que acaba de ser dado de alta de un hospital y ahora quiere entender qué es lo que sigue, qué le espera. Le asusta sospechar que a pesar de estar vivo sus deseos están muertos. Y alguien sin deseos no está vivo. Estar vivo, reflexiona, es desear algo, cualquier cosa; amor, sexo, Dios, un plato de comida, cualquier cosa.

Su atención se dirige ahora hacia la pila del correo. La mayoría de los sobres contienen cuentas y propaganda comercial. Estados Unidos es un país que se ahoga en papel y ofertas. Con desgana se acerca a la mesa y comienza a sortear la correspondencia. Un total de veinticinco ofertas de tarjetas de crédito. Recuerda a su padre, a quien le sorprendía que en el país del norte las tasas de interés de las tarjetas de crédito y los préstamos hipotecarios fuesen tan bajos. Los privilegios a los que uno se acostumbra, se dice. Los dudosos privilegios del primer mundo que uno desdeña porque los tiene, se dice. Un sobre de manila llama su atención. No tiene remitente. Alguien ha escrito con letras grandes: *Frágil-No doblar.* Lo abre y encuentra dentro de él otro sobre en el que hay una fotografía. La saca con cuidado y la visión del cuerpo de la mujer retratada le produce un dolor instantáneo en todo el cuerpo. Es una fotografía inoportuna que toma por los bordes con dedos temblorosos. Se siente desfallecer. Busca una silla.

La mujer está desnuda. Una sensación de calor se apodera de su cuerpo y a pesar de las órdenes estrictas de los médicos se dirige a la cocina a buscar la ayuda de una botella de bourbon. Ya estoy herido de muerte, se dice, *what the fuck.*

A las cinco en punto de la tarde el sol de San Francisco ilumina irónica y espléndidamente ese momento. Cuánta oscuridad trae consigo esa espalda desnuda. Cuántas consonantes graves de Neruda. Vuelve al sobre. Rescata de su interior una nota. Lee: «Como tú, yo también quise saber... Esto es lo único que pude descubrir: un cuerpo hermoso marcado por un laberinto tatuado en su superficie. Creo que esta imagen te pertenece. De alguna manera todavía tuya, M.»

La mujer de aire, Marianne, reavivando la llama de la mujer de fuego, la Condesa. *It does make sense*, dice en voz alta en ese idioma que necesita para expresar lo que debe ser expresado en ese momento. El bourbon comienza a relajar sus músculos. Sus ojos vuelven a la imagen para de allí saltar al recuerdo de la desnudez de la mujer oscura. Ve una piel de seda que sus uñas marcaron, un laberinto y la mirada amarilla y equívoca de un gato. Su memoria le trae el contoneo corrupto de un cuerpo decorado con tatuajes y castigado por sus uñas y sus dientes en noches largas de alcohol y amor podrido. Al primer vaso de bourbon le sigue otro. Al disco de las *Suites para Cello* le sigue un disco de Poe, las primeras líneas de una canción que escucha cuatro, cinco veces: *Sometimes I feel the yearning...* En algún momento caen las primeras sombras de la noche. En algún momento envejece para siempre. Frente a él la fotografía de la Condesa desnuda. Dentro de él la certeza de que su pasado ya es un cementerio.

Cualquier punto de referencia visual o afectivo que Ángela Cain hubiese podido recordar había sido prácticamente borrado de su memoria durante los siete años que no estuvo en su ciudad natal. Pero cuando abrió la ventana del balcón de su departamento la misma noche de su regreso y la humedad legendaria y obscena de Nueva Orleans entró con un golpe caliente en la habitación, como una entidad que hubiese estado aguardando por años ese momento para invadir, recuperar ansiosamente el espacio oscuro de ese cuarto, su olfato reconoció de inmediato cada esencia original, cada fragancia quieta. En ese mismo instante las palabras y las cosas pertenecientes a esa geografía antigua y decadente comenzaron a recuperar su lugar legítimo en la noción que define vagamente aquello a lo que nos referimos como el pasado.

Nadie puede huir de su pasado para siempre, se dijo. Nadie puede despojarse por completo de lo que en algún momento quedó registrado en la piel, en los pulmones, en los ojos. Como para verificar su presencia frente a la ciudad, Ángela se recorrió los brazos y los hombros desnudos con las palmas de las manos, como si no le perteneciesen. Con lentitud calculada sus ojos recorrieron el paisaje nocturno de la ciudad en ruinas. Respiró profundamente ese Sur y por primera vez en mucho tiempo tuvo que admitir que se sintió como si hubiese vuelto a su propia casa.

Desde el balcón donde gracias a la humedad proveniente de las aguas cercanas del Misisipi sobrevivían milagrosamente unas macetas colgadas con exuberantes helechos; observó con frialdad las fachadas de las casas vecinas cuya madera estaba despintada y poblada de cuarteaduras, las bisagras oxidadas de las puertas vencidas, las paredes musgosas donde el estuco hacía mucho tiempo se desmoronó, dejando expuesta la caries de los ladrillos carcomidos, las cornisas que amenazaban con caer sobre las cabezas desapercibidas de los transeúntes; los balcones podridos por la humedad viscosa, devorados por las termitas pacientes que catalizaban con efecto desastroso el paso del tiempo indiferente y el desinterés de los habitantes de la ciudad. Desde esa altura observó que las esquinas de cada muro visible estaban fuera de nivel, descuadradas y torcidas como una burla contra la perfección obsesiva del resto del país. El cemento cuarteado de las banquetas ondulantes del *Vieux Carré* –o como se le conoce en el mundo angloparlante, *The French Quarter*– era un homenaje absurdo a su propio instinto de autodestrucción. Recordó las palabras del profeta pícaro Ignatius Reilly y se dirigió a uno de los libreros que ocupaban gran parte de la sala principal. Sacó el ejemplar de *La conjura de los necios*, la novela que el escritor de Nueva Orleans John Kennedy Toole escribió antes de matarse, y leyó en voz alta: «Esta ciudad es famosa por sus jugadores, prostitutas, exhibicionistas, drogadictos, fetichistas, onanistas, pornógrafos, defraudadores...».

Estaba de vuelta. Había regresado a un lugar que apenas se atrevería a definir como su lugar de origen porque se había acostumbrado a la idea de no tenerlo. No sabía exactamente por qué, pero confiaba en que Nueva Orleans en algún momento le revelaría alguna clave. Volver le ofrecía la posibilidad de comenzar de nuevo porque estaba segura de que nadie la reconocería, que nadie podría establecer una relación entre aquella adolescente tímida que se avergonzaba de su existencia y la mujer que ella misma creó a partir de una epifanía oscura, de una revelación. Podría caminar cada palmo marchito del Barrio Francés sin temor de encontrarse a nadie que le recordara todo aquello que se empeñó en olvidar. Y si fuese reconocida, se dijo, simplemente no respondería a ese llamado del pasado. Era libre. Había invertido mucho tiempo y esfuerzo para poder proclamarse libre y nadie tenía el derecho de exigirle que asumiese de nuevo una identidad abandonada; menos ahora que necesitaba romper con todo una vez más para comenzar de nuevo. Aquellos que han tenido el valor de reinventarse una y otra vez tienen el derecho legítimo e innegociable de la arrogancia.

I

1

¿En qué idioma?

¿En qué lenguaje?

¿En qué idioma que el tiempo o los poetas aún no han articulado? ¿O en qué lenguaje ido, muerto, mutilado? Lenguaje sustantivo de uñas avaras hundiéndose en la piel. Lenguaje goloso de gerundios floreciendo como lenguas insaciables en la acción simultánea de los cuerpos. Uñas y seda. Terciopelo negro. Fragmentos apenas reconocibles de una historia. Astillas carnales del naufragio. ¿Quién va a relatar fielmente los hechos? ¿Un hombre roto? ¿Esa mujer cuyo cuerpo desea ser dominado por algo o alguien más que su propio apetito? En un momento de honestidad anacrónica una poeta suicida dijo que toda mujer desea la bota del bruto en el cuello –¿o lo dijo alguien dentro de ella, como alguien oculto dentro de cada persona reclama su derecho a tener voz, a tener piel, a descubrir de qué materiales prohibidos del espíritu está hecha su propia esquizofrenia? ¿Cuántas personas, cuántas historias en cada individuo? ¿Cuántos idiomas?

¿En qué lugar vedado del lenguaje, en qué península remota del deseo, en qué Patagonia seca o enmarañada

Amazonas del alma encuentra uno la prosodia exacta de su historia?

Lengrafía: lenguaje y geografía. Lenguaje y lugar lunar. Terra incógnita. Silencio. Terra incógnita. Lenguaje silencioso del cuerpo. El espacio inexplorado del placer; tercer tercio de la faena, el de la procuración de la muerte, territorio donde no se clavan banderillas o espada sino uñas y dientes. Terreno terso, difícil, que se cubre y descubre como un cuerpo se cubre y descubre de brocados de color violeta. Texturas que son cicatrices sembradas en la tela, cicatrices de terciopelo negro y seda. Lencería de encaje de champaña, extensión tocable de la piel, delicada alcahueta de la revelación, madrota del látigo que fustiga los ojos cuando surge atrás de ella el relámpago violento de la piel desnuda.

Piel tatuada, bordada con signos; legible para el braile de la lengua. Piel texto y pretexto del deseo. Textil navegable de versos subcutáneos tintos. Textil de vasos capilares donde abreva la diosa del poema que es la misma diosa del rechazo. Textura de moléculas visibles, expuesta, explorable, extranjera. Texto exquisito, encrucijada del beso y del castigo. Piel pudrible, como el arte o la literatura, como cada signo o como cada beso, como el silencio de los tatuajes desteñidos. Texto de placer y redención. Pero, ¿en qué puto lenguaje?

¿Con qué uña?

¿Con qué tinta?

¿Con qué boca?

2

Esta es la historia del cazador de tatuajes y la Condesa tal como la leyó en el manuscrito, pero es también la suya, tal y como ella, Marianne, la recuerda, tal y como ella, a su vez, se la contó a Constancia.

Dudó tanto antes de llamarla a la Ciudad de México desde San Francisco, que cuando finalmente se decidió a hacerlo y el teléfono comenzó a sonar al otro lado de la línea casi cuelga y se olvida del asunto para siempre. Pero no se habría quedado tranquila. En algún momento habría comenzado a reprocharse su falta de valor. Después de todo en esta historia había un examante desaparecido en circunstancias no nada más imprecisas sino dudosas, y a quien se presumía muerto, una mujer misteriosa de quien únicamente quedaba una fotografía y que seguramente (suponía Marianne) tenía muchas de las respuestas que ella necesitaba; otra mujer que volvió a su ciudad natal en Sudamérica para no volver jamás, y ahora esta que había contestado el teléfono en español y que después de una breve conversación en inglés había ofrecido incluso recogerla en el aeropuerto de la Ciudad de México la semana siguiente para buscar juntas alguna clave sobre los días divididos de aquel hombre que se esfumó hace unos meses.

Un hombre que todas ellas tenían en común y que de vez en cuando les dolía, como únicamente duelen aquellos que se fueron después de ocupar un lugar importante en la idea de un futuro que quedó truncado. De aquel hombre quedaba casi nada: recuerdos personales que se desvanecerían, tres cartas donde anunciaba el suicidio y lo explicaba mal y un manuscrito en inglés plagado de mentiras.

Marianne voló a México sin la mínima certeza de que el misterio podría resolverse por el solo hecho de cotejar datos con Constancia. Llevó consigo una copia fotostática del manuscrito que la policía de San Francisco encontró sobre el escritorio de Julián Cáceres. No quiso arriesgarse a perder el original y lo dejó en su propia casa bajo llave. Llevó también consigo una fotografía de una mujer desnuda, un par de cartas manoseadas y el dejo de tristeza que llevan en sus ojos quienes cargan con el peso amargo de un amante traidor.

En el aeropuerto de la Ciudad de México Marianne y Constancia se reconocieron de inmediato. No dejó de sorprenderles que no hubiese un solo instante de duda en ese reconocimiento espontáneo. Como si fuesen hermanas que se reencontrasen después de un largo tiempo, o gemelas que hubiesen sido separadas al nacer y que estuviesen de pronto una frente a la otra, ambas respondieron al llamado de un origen común. De alguna manera esto era cierto, tenían en común tatuajes profundos en la piel y en el alma, y esos tatuajes eran el origen mismo de su encuentro. «Constancia», fue lo único que Marianne acertó a decir antes de abrazarla instintivamente. La hermosa mujer que la esperaba la abrazó atendiendo honestamente a su propio impulso, la retuvo entre sus brazos unos cuantos segundos y acercándose al oído de su nueva hermana susurró: «gracias por haberme llamado, Marianne, gracias por haber venido».

Marianne se hospedaría en el hotel Bristol, en donde, pensando en esa ventana desde donde se podía ver la escultura del Ángel del Paseo de la Reforma, reservó una habitación días antes de dejar San Francisco. Gracias a una anotación en uno de los diarios de Julián Cáceres sabía que ese hotel había sido el territorio de sus encuentros sexuales con Constancia. Cuando Marianne mencionó el nombre del hotel, Constancia no dijo nada por unos segundos. Luego la miró con un gesto que era a su vez una pregunta que demandaba una respuesta inmediata.

–Sí –explicó Marianne–, ya sé que ese es el hotel donde estuvieron juntos; por eso quise quedarme allí.

Constancia la miró sorprendida, y sin decir nada más al respecto tomó el Viaducto rumbo al centro de la ciudad. Media hora después la dejó en la puerta del hotel y le dijo que volvería en la noche para llevarla a cenar.

–¿Me podrías llevar al Café La Gloria? –dijo Marianne, insegura de la reacción que tendría Constancia, puesto que la mención del restaurante confirmaba que sabía todavía más sobre la mexicana y Julián.

–Sí –respondió Constancia–, ya reservé una mesa.

Y se fue sonriendo.

El empleado de la administración le entregó a Marianne la tarjeta electrónica de la habitación 316. Ella la sostuvo por un par de segundos en su mano derecha observándola como si no entendiese algo. «*Is everything alright Madame?*» «*Oh, yeah. Everything is quite alright*». ¿Qué podría estar mal ahora? Acababa de llegar a uno de los cuatro puntos cardinales del mapa erótico y sentimental descrito en las páginas del manuscrito; un mapa que apenas comenzaba a tomar forma como tal en la vida real, ya no en el escrito dudoso del mexicano. Mientras se abrían las puertas del ascensor recordó que de acuerdo con el manuscrito cada una de las cuatro mujeres en la vida de Julián Cáceres representaba un punto cardinal y se preguntó cuál de esos puntos cardinales ocuparía ella si ella misma tuviese que trazar el mapa, cuál elegiría. El botones la miraba con curiosidad amable. No hablaba inglés. Marianne se percató de que el botones era la primera persona en la Ciudad de México con quien no había hablado en inglés desde que se bajó del avión. Los dos pisos que tuvieron que subir y los escasos tres minutos que él le hizo compañía le parecieron eternos en ese espacio distorsionado por la ventana empañada de los idiomas diferentes. Cuando el hombre terminó de mostrarle la habitación, Marianne le dio un par de dólares y cerró la puerta. Finalmente estaba en la misma habitación donde la boca de Constancia fue un vaso simultáneo de vino portugués y saliva limpia para la infinita sed de aquel hombre cicatrizado. Tal vez porque leyó una y otra vez de manera obsesiva la descripción minuciosa de cómo se amaron (Constancia sentada a horcajadas sobre él, él bebiendo vino de sus pechos duros), sintió que estaba en un espacio conocido. Cerró las cortinas. Se ocuparía después del Ángel. Por unos instantes no supo qué hacer.

La primera vez que leyó el manuscrito sintió celos. La primera vez que tuvo entre sus manos las casi doscientas páginas que contenían la explicación detallada de las últimas aventuras eróticas de Julián Cáceres, así como la explicación de sus miedos y su curiosidad insaciable, Marianne lloró ante la belleza que se escondía en algún lugar de esas páginas amargas. Le dolió como si fuese propio el dolor del hombre que amó brevemente. Pero también resintió el engaño. Después de unos días de tristeza acabó por aceptar las mentiras de Julián como algo inevitable. Especuló con la posibilidad de que mucho de lo escrito en esas páginas fuese producto de la fantasía de aquel hombre ambiguo. Pero la gravedad de cada herida descrita y la sangre metafísica que goteaba de cada renglón la obligaron a aceptar como ciertas cada una de esas líneas.

Sacó de su bolso de viaje el manuscrito y lo puso sobre el tocador. El autor había escrito el título a mano y con tinta negra en la primera del legajo de hojas impecablemente mecanografiadas en inglés: «El Cazador de Tatuajes». Marianne creía que la historia que Julián escribió era autobiográfica –después de todo, por algo Julián había redactado la historia en primera persona. La fidelidad con que su examante describió su relación con ella la hizo pensar que lo escrito sobre las otras tres mujeres era igualmente cierto. A pesar de que Julián exageró un poco algunas cosas y omitió otras que hicieron juntos, los hechos estaban narrados con honestidad. Y si bien era cierto que su propia versión de lo sucedido podría ser diferente, Marianne entendió que la de Julián fuese así, distinta, incluso excéntrica. Después de todo ella era una fotógrafa que cuestionaba con sus fotos la apariencia misma de la realidad. Marianne estaba consciente de que quien escribió esas páginas era un profesor de literatura, profesión que Julián ejercía en San Francisco, y no un escritor. Como lectora, Marianne intuía que todas las referencias teóricas y eruditas en el manuscrito constituían el tipo de información que un novelista generalmente no incluye en sus obras. Sin embargo, era posible que Julián hubiese sido un escritor y no nada más un académico. Un escritor que daba clases de literatura; un escritor encerrado en el clóset. Las universidades del mundo, pensó, deben estar llenas de escritores frustrados. Pero, ¿a qué se debía entonces su insistencia en hablar casi siempre de teoría literaria, de filósofos, historia del arte, arquitectos y compositores? ¿Por qué, en las conversaciones que ella recordaba, Julián hablaba únicamente de su trabajo de investigación como crítico literario? ¿Cómo explicar su pasión de lector y estudioso de la obra de Juan García Ponce?, un escritor mexicano a quien ella jamás leyó y sobre quien Julián estaba escribiendo un libro. Al menos en un par de ocasiones le escuchó hablar de algunos de los escritores que él conocía en América Latina y en Estados Unidos con un gran escepticismo, casi con desconfianza. Recordó también que cuando se conocieron en Nueva York, Julián le dijo que estaba allí para participar en un congreso de literatura, a lo que ella respondió preguntándole si era escritor. Su respuesta le pareció pedante y barroca: «Ni lo mande Dios, yo leo como si me bebiese la sangre de minotauros sacrificados». Cuando Marianne se mostró aún más curiosa, él agregó que aquellos escritores que valían la pena de ser leídos eran mitad bestia, mitad seres humanos, todos encarcelables. Marianne sospechó entonces que Julián hablaba de sí mismo.

A Marianne le molestaba terriblemente no tener todas las respuestas. La carta que él le escribió como mediocre testamento amoroso antes de su supuesto suicidio no alcanzaba a explicar aquellos días que ella vivió como protagonista parcial de esa historia. La carta no explicaba su partida voluntaria, ni explicaba más que su ansiedad urbana, finisecular. La necesidad de entender cada aspecto de aquella relación fue exacerbada después por la lectura del manuscrito. Pero esa lectura dio origen a otras preguntas: ¿se trataba de una novela? ¿Acaso una recopilación de fragmentos y meditaciones, de historias desvinculadas, recuentos y descripciones de encuentros eróticos, cartas y semiensayos podía ser considerada una novela? Marianne era una lectora curiosa pero no se consideraba una experta, y temía llevarle el texto a alguien desconocido para obtener una segunda opinión. El manuscrito/novela estaba escrito en un inglés bastante bueno si se consideraba que él no llegó a San Francisco sino hasta después de los veinte años y, según él, no habló el idioma hasta que llegó a California. ¿Tal vez alguien le ayudó a escribirlo? ¿Era una traducción? Demasiadas preguntas.

Marianne no estaba segura de lo que en ese momento estaba haciendo en esa ciudad irrespirable y repleta de autos, horriblemente contaminada, en un hotel donde su examante se acostó con otra mujer mientras sostenía relaciones con ella que lo esperaba en otro país y, para colmo, con un libro inédito que detallaba esos encuentros. ¿Por qué estaba allí? Quizá porque quería encontrar en esa ciudad desconocida alguna clave sobre su propia conducta aparentemente incomprensible. En el fondo, se confesó en ese momento, no lo sabía.

Abrió el libro en la página donde él (¿él?, en ninguna página aparecía su nombre) relataba su decisión de irse a México a pasar unos días. El protagonista sin nombre del relato decía sentirse atrapado en San Francisco, dividido entre ella y una chica argentina, Sabine, a quien conoció mientras ella, Marianne, viajaba por cuestiones de trabajo. Contaba también cómo en una cena había conocido a una pintora mexicana, Constancia. Según él, esa misma noche hicieron el amor en la misma habitación donde ella estaba ahora releyendo esas páginas. La habitación había sido descrita fielmente. Allí estaban el tocador, el banquillo, el espejo. Poco a poco se comenzaban a ordenar las piezas del rompecabezas. Con mano tímida, Marianne tocó el forro del asiento del banquillo donde Julián y Constancia hicieron el amor bebiendo vino tinto. Buscó alguna mancha de vino. Nada. Tal vez fue recubierto, especuló. Tal vez sus cuerpos se bebieron cada gota minúscula de ese vino portugués del que él hablaba en el texto y ninguna gota alcanzó a derramarse sobre el forro del mueble donde cogieron bebiéndose ese vino, bebiéndose mutuamente. Había preguntas que no le podría hacer a Constancia. La cama de la habitación era amplia. Su propio cuerpo, no el de Constancia, dormiría en ella esa noche.

¿Cuántos meses transcurrieron desde el principio de la historia? Los suficientes para que Marianne pudiese confiar en que la memoria de quienes habían sido protagonistas de ese drama todavía retuviese información valiosa para armar el rompecabezas oscuro. Se desnudó para ducharse pero no pudo contener el impulso de tirarse sobre la cama. Sabiendo lo imposible de su propósito, Marianne buscó en las sábanas algún rastro del olor de Julián que el cloro de la lavandería del hotel y otros cuerpos seguramente eliminaron el mismo día de su partida. Su desnudez le hizo recordar la desnudez de su examante. Su solitaria desnudez en la cama del Bristol hizo que su memoria regresara a la cama lejana del hotel de Washington Square en Manhattan, donde también ellos hicieron el amor la primera noche del día en que se conocieron. Esa era parte de la magia de su conexión inmediata con Constancia. No solamente las dos se acostaron con Julián la primera noche que lo conocieron, sino que a través de su llegada y su desaparición, se hermanaron. Actuaron y respondieron con honestidad intelectual absoluta y conforme a sus instintos. ¿Se equivocaron? Vivir es equivocarse. Únicamente los muertos no se equivocan. Marianne se olió los brazos y recordó la manera en que su piel solía impregnarse del olor del cuerpo de él. Un olor a animal limpio.

Recordó que fue en Madrid donde se dio cuenta de que necesitaba ese olor bajo las sábanas de todas sus camas, sobre su piel todas las noches. Recordó su viaje a Madrid, donde leyó un libro que contaba la historia de la pasión extraña entre un soldado y una pantera en el desierto. Buscando encontrarle sentido a su propia pasión, intentó descubrir la razón de ese inesperado deseo de estar junto a él, quizá para siempre. En Manhattan le dijo, en un arranque del que después se arrepentiría a medias, que quería llevar dentro de ella, algún día, a sus hijos.

Eso sucedió la misma noche en que Marianne se despertó en la madrugada para ser parte de un rito (¿cómo llamar eso que vio?) del que Julián jamás estuvo consciente. Hacía calor a pesar de la lluvia. El ambiente del cuarto era denso, debido a la humedad doble del aire y de sus cuerpos. Él no supo, porque en ningún momento lo mencionó en el manuscrito, que Marianne se despertó presa de una ansiedad que no supo explicarse. Primero quiso atribuírsela al hecho de que se había acostado con un hombre que apenas conocía. Solamente lo había hecho una vez en su vida y todavía se lo reprochaba por el fiasco en que esa relación se convirtió. Pero se dio cuenta de que la ansiedad que sentía no tenía que ver nada con eso. Era de madrugada. A través de las cortinas se filtraban la luces nocturnas de Manhattan. Marianne se despertó con una sensación de opresión en el pecho. Lo miró mientras él dormía en silencio. Admiró la fortaleza de sus piernas, la armonía de sus hombros y músculos. Observó con ternura la cicatriz de su pecho. Era una cicatriz en forma de signo de interrogación (la marca del laberinto, la maldición del minotauro, según el manuscrito). De pronto, como si al haberse posado en aquella cicatriz su mirada hubiese hecho algo prohibido, la vieja herida se abrió como un fruto maduro o podrido, y de ella comenzó a manar una sangre profundamente roja y espesa que se extendió por la superficie de su pecho. Marianne se quedó paralizada y no pudo moverse ni gritar. El cuarto se iluminó con una luz rojiza que provenía del brillo incomprensible de esa sangre color esmeralda oscuro. Las sábanas comenzaron a cubrirse de la espesa sustancia que ahora surgía a borbotones como una lava obscena y en ese momento Marianne se dio cuenta de que el cuarto había sido invadido por un olor desconocido. Era un olor perturbador que se elevaba de la sangre como un humo pesado. Comenzó a sentirse intoxicada por ese aroma brutal pero delicado que retaba su experiencia de años de viajera, expuesta a los olores más variados. Sintió una embriaguez nueva, casi mística. Quiso escapar de la habitación pero sus piernas no le respondieron. El perfume de la sangre y su luz escarlata, la imagen terrible del pecho abierto la hicieron llevarse las manos a la cara y cerrar los ojos. Cuando los volvió a abrir el cuarto estaba nuevamente en penumbras. El pecho de su nuevo amante estaba intacto y las sábanas secas. Pero como en aquel poema de Coleridge donde un hombre sueña que está en el paraíso rodeado de flores y cuando se despierta tiene una flor en la mano, Marianne al volver a la realidad después del delirio encontró el olor de esa esencia llenando cada rincón del cuarto del hotel, penetrando cada poro de su propia piel. Se acercó a él con cuidado para no despertarle y confirmó que el aroma todavía surgía de su cuerpo. Era como si todo él fuese un cadáver relleno de rosas secas y de tierra húmeda; de semen y de violetas muertas; de vino de oporto y de sudor; de perfume francés y de ciruelas maduras. Acercó la nariz a su epidermis y comenzó a recorrerla con amorosa paciencia. No supo cuánto tiempo estuvo así, pegada a su piel, a su sexo, a sus axilas. Al día siguiente no supo ni siquiera si todo aquello fue un simple sueño. Pero no pudo haberlo sido, porque al despertar el cuarto seguía oliendo a los restos calcinados del paraíso y Marianne tenía a su lado la flor erecta y perfumada de la verga de su amante. Unas semanas después recordó esto mientras viajaba y buscó en Madrid a alguien que le tatuara en la espalda una pantera, roja y negra como aquella sangre y aquella memoria. Ese día le envió a Julián una postal contándole que se había hecho un tatuaje en su honor porque la pantera, como él, era el único animal que emite una fragancia invisible para atrapar a sus víctimas.

3

Para alguien acostumbrado a la oscuridad en todas sus variantes, algo tan simple como la luz del día puede convertirse en un inconveniente terrible. A la mañana siguiente de su regreso, Ángela Cain se obligó a salir de su apartamento para comprar algo de comer y al mismo tiempo comenzar a descubrir qué tanto habían cambiado las calles del Barrio Francés en sus siete años de ausencia.

Tal vez porque el vuelo fue sumamente incómodo a causa de la turbulencia y llegó a Nueva Orleans agotada, Ángela se quedó profundamente dormida la noche anterior. No era su costumbre dormir de noche. Por lo general no se acostaba a dormir hasta que llegaba el amanecer. Durante años evitó las horas diurnas porque únicamente se sentía en su elemento natural en las horas silenciosas de la noche. No tan en el fondo, Ángela Cain era una misántropa y sus horarios de vida obedecían a un disgusto innato por el género humano. Para ella las horas del día evidenciaban con claridad intolerable la estupidez con que los hombres y las mujeres de las ciudades repetían el círculo vicioso de salir de sus casas a trabajar, insultarse conduciendo sus autos en el tráfico de las horas pico y, al final de la jornada laboral, apresurarse para volver a sus casas a repetir *ad infinitum* la rutina mediocre de su domesticidad insana. La noche le ahorraba ese espectáculo patético. Apreciaba el silencio y la oscuridad, la ausencia de los protagonistas de la comedia idiota que durante el día se desarrollaba en las calles. Y cuando tenía que salir de día procuraba hacerlo en las últimas horas de la jornada civil que, según ella, estaba excesivamente sobrevalorada.

Ángela salió de su apartamento de la calle Ursulines y se dirigió al pequeño supermercado de la esquina de St. Philip. Compró pan y queso, una combinación de verduras y legumbres para hacerse una ensalada, una botella de vino tinto francés y unos cuantos artículos de tocador. Pagó y salió del establecimiento. Al hacerlo, su primer impulso fue volver a su apartamento. Pero algo que no supo identificar con precisión la hizo cambiar de parecer y se dirigió hacia Bourbon Street caminando por St. Philip.

En Bourbon evitó dar vuelta a la derecha porque la posibilidad de encontrarse rodeada de los turistas que en esa época del año invadían la famosa calle le pareció insoportable, así que dando vuelta a la izquierda caminó hasta llegar a la avenida Esplanade, donde dio vuelta a la derecha. La vista de los árboles centenarios y las casas antiguas la conmovió a su pesar. La mañana tenía algo de nuevo y refrescante que le produjo una gran melancolía. Advirtió que hacía muchos años no experimentaba una sensación parecida. No deja de ser triste, se dijo, que a mi edad me hagan falta cosas como estas: caminar, ver árboles, salir de mi encierro. De pronto, sin darse cuenta, dos lágrima le rodaron, limpias y brillantes, una por cada mejilla. «Mierda», exclamó en voz alta, «¿qué me pasa?». Confundida, se secó las lágrimas y apresuró el paso. En dirección contraria una pareja de chicas *goth* se aproximaba. La miraron con curiosidad y Ángela Cain sintió una sensación de malestar cuando terminaron de cruzarse. Yo no soy así, se dijo, nunca he sido así.

Al llegar a Decatur Street, Ángela dio vuelta a la derecha y se percató de que la escena callejera en su ciudad había cambiado. La banqueta estaba invadida de adolescentes sentados sin hacer nada. Todos estaban tatuados. Todos tenían metal perforándoles los lóbulos de las orejas, las cejas, los labios y la nariz. Vestían prendas que en algún momento fueron negras y ahora tenían el color aceitoso de la mugre acumulada durante las muchas semanas en que no las tocó el agua. Sus ropajes y sus perforaciones eran una suerte de uniforme. Parecían soldados de un ejército absurdo y vencido. Pero esos chicos no peleaban ninguna guerra; ni podrían pelearla, pensó Ángela, porque todo en su apariencia evidenciaba derrotas anticipadas, derrotas a las que se resignaron antes de pelear las batallas menores que los humanos pelean. En algunos de esos rostros creyó advertir cierta chispa de energía, pero concluyó que la mirada de la mayoría de ellos denotaba un cansancio precoz, estupefacto, estúpido. Percibió algo que identificó como agresivo y macho en los chicos, y la sensación la incomodó. En ese instante echó de menos la delicadeza de los hombres mayores a quienes estaba acostumbrada. Hay una diferencia enorme entre un simple chico y un hombre verdadero, se dijo. Cuando llegó a la esquina de Decatur y St. Philip, no sintió el más mínimo deseo de dar vuelta a la derecha para cerrar el círculo y volver a su casa. Optó por entrar a Kaldi's a tomarse un café cortado. Se sentó junto a una de las ventanas enormes del café y suspiró hondo al darse cuenta, al reconocer, que por primera vez en mucho tiempo sentía la necesidad de realizar otra metamorfosis. Fue en ese momento justo cuando entendió que por esa razón había dejado San Francisco. Por eso el retorno a Nueva Orleans. También por eso, por primera vez en tantos años, salió a la calle en la mañana y aquellas lágrimas la traicionaron con su espontaneidad fresca. En algún momento tendría que aceptar esa necesidad de renacer que su cuerpo y su espíritu volvieron impostergables.

Ángela encendió un cigarrillo y odió San Francisco por haberse convertido en una ciudad mezquina que le negó el placer de fumar y tomar café al mismo tiempo. Cosas del nuevo puritanismo californiano y yanqui, pensó, ahora sureña. Sacó de su bolso una libreta pequeña forrada de terciopelo negro. Se la había regalado un hombre que nunca le dio su nombre ni le pidió el suyo. En la primera página había una inscripción: «He sido el lector más atento y voraz de tu cuerpo. Lo he leído con uñas y ojos. Espero que algún día pueda leer lo que decidas escribir en estas páginas. Tuyo aquí y en el infierno...». Ángela se estremeció al recordar la última noche que compartió con aquel extranjero que solía llamarla «Condesa». Sacó un bolígrafo nacarado de su bolso y comenzó a escribir en la siguiente página.

4

Calor y oscuridad de nuestros sexos. Memoria de tu carne. Estás parada en una silla tapizada con terciopelo borgoña. Tu cabello cae sobre tus hombros desnudos. Yo estoy arrodillado frente a ti como si estuviese ante una santa, una virgen, una mártir. Como tú, estoy desnudo. Mis manos se apoyan sobre el borde nervioso de la silla y mis ojos te miran en actitud de éxtasis. No acierto a decir nada. Me miras, casi amorosamente. Ese «casi» me mata, me parte, me destruye. La habitación está en penumbras. Las cortinas pesadas impiden que entre la luz de la calle. La otra luz de las velas que están distribuidas estratégicamente en la habitación le dan a la escena un aire de iglesia corrupta o de *film noir* que más de un cineasta envidiaría. ¿Te acuerdas? No me importa cuántos hombres y mujeres han pasado por tu vida. Tengo la certeza egoísta de que este es, fue, será, un momento único, irrepetible, en nuestras vidas. Yo le rindo homenaje ahora desde mi soledad de macho herido como un momento que he de recordar hasta que mis huesos se pudran en alguna tumba. Te miro de abajo hacia arriba. Tus piernas están cubiertas con unas medias negras de seda que te compré en La Perla. El liguero, cuyos bordes están hechos de un delicado encaje de champaña, hace juego con ellas y las sostiene con delicadeza. En segundo plano está tu sexo desnudo y oscuro. Cada vello de tu sexo brilla, no por el reflejo de la luz proveniente de las velas, sino gracias al reflejo codicioso de mis ojos que se incendian ante esa vista plena de la única perfección que deseo. El vello abundante cubre con elegancia tus labios vaginales, pero ellos se asoman caprichosos como los labios de una niña que hiciese un puchero. Conozco el sabor de jamón crudo y el beso de higo abierto de esos labios. Conozco su humedad de rosa negra, su perfume de madrugada flor madura, dulce a la paciente lengua, agridulce a la memoria escaldada que todavía se duele. Tu vientre es dividido en dos, como una plaza de toros dividida por la sombra, por el encaje francés del liguero negro que contrasta con la blancura de tu piel. El ombligo es el estanque diminuto de Narciso, el ojo de agua en donde he bebido el vino de las noches compartidas como una sabiduría milenaria o como un crimen secreto. Y los pechos. Los pechos erguidos con su poder de músculo duro y joven. Tensos apuntan hacia la certeza en mis archivos de que son lo más bello que mis manos han tocado; lo más bello que mis labios han besado; lo más bello que mis dientes han mordido. Son las manzanas que muerdo gustoso aceptando sin protestas mi condena, mi esclavitud; son dos mundos que gravitan alrededor de mi insomnio; son la realidad que se ofrece sin falsa modestia a la contemplación, a la adoración de este amor que no confieso. Su redondez pesa en mis ojos como la redondez del mundo pesó en la intuición de los viejos navegantes. Desde arriba tus ojos se clavan en mis ojos y tu boca se entreabre levemente. El instante se prolonga en el tiempo y el tiempo se eterniza en el instante. No nos pertenece más. Todos los amantes revivimos en la memoria escenas como esta y gracias a ellas aceptamos la humillación de seguir vivos. Amamos y luego el tiempo viene a despojarnos de la piel y de la entrega. Ese recuerdo es un imperio efímero de niebla que la realidad de cada día desvanece. Pero así es la niebla y la memoria que uno guarda de ella: no hay blancura más blanca que la memoria de esa blancura. No hay pasión más profunda que la profunda memoria de la pasión profunda.

Ahora ni siquiera sé si podría tocarte.

5

El timbrazo del teléfono devolvió a Marianne a la realidad de la habitación del hotel Bristol. Había terminado de ducharse y después de arreglarse frente al mismo espejo donde aquellas otras manos se buscaron alas en la espalda abrió las ventanas para ver al Ángel parado en la punta del obelisco. El cielo de la Ciudad de México estaba terriblemente sucio. Pocas veces había visto en sus viajes un cielo más contaminado que ese. La sola vista de la ciudad al salir del aeropuerto le inspiró cierto temor al que no estaba acostumbrada. Recordó la aprehensión que experimentó en ciertos lugares de África o del Medio Oriente, donde el simple hecho de ser extranjera y distinguirse del resto de la gente representaba un riesgo, una amenaza. En la India sufrió un incidente menor que la hizo considerar la posibilidad de instalarse indefinidamente en algún lugar de Europa en donde se pudiese sentir más segura: en una calle de Nueva Delhi un grupo de hombres la acorraló en un callejón mugriento e intentó violarla. La rescataron unos viajeros ingleses que escucharon sus gritos. Hacía mucho tiempo que una ciudad no lograba intimidarla. El Distrito Federal le pareció a Marianne demasiado grande, demasiado carente de atractivos visuales. Desde donde ella estaba, la vista del Ángel era contradictoria. Una contradicción neoclásica francesa en medio del humo y del ruido desquiciante de los automóviles. La voz al otro lado de la línea telefónica era ligera, casi risueña. ¿Quieres subir?, preguntó Marianne. Constancia respondió que prefería esperarla en el *lobby*. Marianne guardó el manuscrito en la caja fuerte de la habitación y bajó a reunirse con la mujer que, según Julián Cáceres, o según el protagonista sin nombre de su historia, era una mujer de agua.

Constancia estaba vestida de negro –y al verla Marianne pensó, sin poder explicárselo, que la mexicana era la viuda legítima de Julián. Traía puesto un traje que Marianne, experta en moda europea y neoyorquina, reconoció como un diseño de Armani, y una bolsa de charol que hacía juego con los zapatos de tacón mediano. Estaba deslumbrante, y por esta razón Marianne se imaginó en ese momento la mirada de Julián cuando de acuerdo al manuscrito la descubrió en una cena en la casa de un amigo suyo. El rostro de Constancia, observó Marianne, no era mexicano, no tenía esas facciones mestizas que se repetían en las calles de la ciudad rumbo al hotel, sino mediterráneo. Su *look* era más neoyorquino que latinoamericano, se dijo. La sonrisa de Constancia esa tarde era fresca, como la brisa que comenzó a soplar en la calle en el momento que salieron del hotel rumbo al auto y que Marianne bendijo con la esperanza de que limpiase un poco el ambiente asfixiante de las calles. Subieron al auto y Constancia comenzó a manejar con seguridad entre el tráfico –tan agresivo como en São Paulo o Bombay, comentó la fotógrafa inglesa. Eran las ocho de la noche y, de acuerdo con el comentario de Constancia, era la hora en que mucha gente volvía a su casa después de largas horas de trabajo en las oficinas del centro de la ciudad. En los semáforos se multiplicaban niños y mujeres indígenas tratando de vender cualquier cosa imaginable. Gente parada por todos lados. Gente sentada, gente apresurada, gente haciendo nada en los puentes peatonales. La visión de tanta gente hizo que Marianne volviese a recordar la India. Como en Bombay, Marianne vio por todos lados niños horriblemente desnutridos que vendían dulces, mujeres sin mirada, de manos oscuras y sucias, niños de pecho prendidos a tetas secas, adultos con los pies deformados, sucios, con voces apenas audibles donde cualquier rastro de esperanza había desaparecido entre la grosera indiferencia de los conductores de autos y el humo excesivo de los motores. Constancia puso un disco compacto de Camarón de la Isla y Marianne le preguntó si había estado en España. Sí, muchas veces, respondió Constancia. Explicó que era de sangre cien por ciento española, nacida en México de padre catalán y madre andaluza.

Hablaron entonces de Barcelona y de Gaudí. Hablaron de México y de su trabajo. Hablaron. Lo dicho fue el principio de un entendimiento mutuo sobre aquellas cosas que ambas tenían en común y que Julián, el hombre responsable de que estuviesen juntas ahora, con toda certeza detectó en ambas. En el pasado Marianne se negaba a aceptar que uno busca un determinado tipo de persona; una serie de características emocionales, intelectuales o físicas que se repiten en cada individuo del que uno se enamora. Reconoció, ahora que estaba enfrente de esta mujer, que tal vez estaba equivocada. Vistas desde la superficie de sus cuerpos e idiomas, Constancia y ella no tenían nada en común. Ella era inglesa, Constancia mexicana, a pesar de su sangre española. Por su parte, Marianne era más alemana que inglesa, puesto que su padre, un hombre de negocios nacido y criado en Frankfurt, se casó en Inglaterra con una chica londinense, hija de inmigrantes alemanes. Su sangre era alemana pero su identidad completamente británica a pesar de su desapego voluntario a cualquier identidad oficial y de su deseo de viajar por el mundo sin pasaporte. Sin embargo, ambas poseían una pasión indomable por su independencia, una fuerza notable de carácter y una honestidad innegociable.

Mientras conversaban, Constancia conducía su auto por la ciudad con la arbitraria seguridad de quien tiene mucho dinero en un país tercermundista. Sin resentimiento alguno le explicó a Marianne que a veces detestaba la Ciudad de México, puesto que la mayor parte de su vida la pasó en una ciudad industrial del norte del país y esto la predispuso a rechazar todo lo que tuviese que ver con la capital mexicana. No obstante, Marianne se pudo dar cuenta de que Constancia conocía instintivamente las reglas y los secretos de la urbe. Viajando en otros países había visto una actitud semejante en personas cuyas familias poseían mucho dinero o influencia de alguna clase. Posiblemente sin estar consciente de ello, Constancia se movía en su mundo como toda la gente privilegiada del mundo se mueve en sus respectivos lugares.

Constancia quiso que tomasen una copa antes de cenar y la llevó al bar de un restaurante vasco donde el dueño del lugar salió a recibirlas hasta la puerta apenas entraron. Constancia pidió tequila para las dos y Marianne aceptó acompañar el suyo con sangrita, una bebida que no existía en California a pesar de la popularidad de aquel licor en los últimos años. Todos los hombres las miraban. Hablaban en inglés, y desde la mesa de al lado cuatro hombres de negocios, dos americanos y dos mexicanos, les clavaban el filo de sus ojos ebrios de codicia apenas disimulada.

Constancia se interesó por los viajes de Marianne, le entusiasmó enterarse de que fuese fotógrafa y a su vez le habló de sus cuadros. No hablaron de él. Durante la hora que duró su estadía en el bar vasco no hubo ninguna alusión al hombre ido. Pero era como si la silla vacía en donde estaban sus bolsos estuviese ocupada por su fantasma. ¿Qué pensaría Julián Cáceres, el arrogante «cazador de tatuajes», si pudiera verlas así, tan cómodas en su papel de nuevas amigas? Tomaron dos tequilas cada una y dejaron el lugar sintiendo en sus cuerpos el peso desagradable de las miradas de los ejecutivos.

–¿Te diste cuenta? –preguntó Marianne ya en el auto que les entregó un empleado del *valet parking*.

–Sí. Pero tal vez estoy más acostumbrada que tú.

–¿Siempre es así en México?

–Creo que sí. Yo ya casi no hago caso, pero hoy que estoy contigo estoy como más consciente. Hoy me molestó.

–A mí también me pasa. Me pasa en Estados Unidos más que en Europa. En San Francisco, a pesar de lo que diga la gente, la atmósfera puede ponerse tan pesada como en América Latina. La ciudad está llena de machos. Los hombres americanos piensan que son especiales, que todas las mujeres los desean, especialmente las extranjeras.

–Yo nunca he tenido una relación con un gringo. Los que he conocido me aburren horriblemente.

–Yo sí. No todos son iguales. Pero la mayoría de ellos siempre me ha parecido una masa sin personalidad ni carácter. Piensan lo mismo, son predecibles, prejuiciosos y les falta originalidad.

–¿Por eso te enamoraste de él? ¿Porque era extranjero?

Marianne guardó silencio. Tal vez más de lo debido. Constancia se disculpó por la pregunta.

–No, está bien. Simplemente estaba pensando cómo responderte. Tal vez porque sentí que me necesitaba. Tal vez porque algunas de sus preguntas eran muy parecidas a las mías. Tal vez porque en el fondo era tan extranjero en el mundo como yo. O porque no quería las cosas que todos quieren. Porque buscaba algo que ya casi nadie busca. Además es cierto que en el extranjero siempre hay una especie de solidaridad entre las personas que no son del lugar donde uno está. Cosas del exilio, de la extranjería. El mejor amigo de un extranjero generalmente es otro extranjero.

Constancia encendió un cigarrillo y dio vuelta en una calle llena de árboles. Le indicó a Marianne que estaban entrando a la colonia Condesa. Las banquetas estaban llenas de un tipo de gente distinta a la que había visto en el resto de la ciudad. Era como La Misión en San Francisco; un lugar para bohemios con dinero, para burgueses semiavergonzados de sus cuentas de banco. Constancia detuvo el auto frente al Café La Gloria y le entregó las llaves de su auto a un mozo uniformado. Parece que en esta ciudad todos los restaurantes tienen *valet parking*, pensó Marianne.

–No me lo imaginaba así de chico y sencillo –comentó Marianne mientras el mesero las llevaba a su mesa.

Constancia sonrió, pero estaba confundida porque no entendía cómo Marianne podía saber tanto de las cosas que ella y Julián hicieron en México. Respondió que a él le molestaban los lugares ostentosos o demasiado grandes, que prefería lugares chicos como ese.

Constancia ordenó una botella de vino chileno y una entrada ligera de jamón crudo.

–¿Cómo te enteraste de mí? –preguntó a quemarropa, decidida a averiguarlo todo.

Marianne palideció. Sacó un cigarrillo de su bolso y lo encendió. La miró fijamente y puso su mano derecha sobre la mano de Constancia que jugaba con su propio encendedor sobre la mesa.

–Te voy a decir todo lo que sé. No quiero ocultarte nada. Confío en que tú harás exactamente lo mismo.

Marianne comenzó por el principio. Le contó cómo se encontraron en Nueva York. Le dijo que ellos dos también tuvieron su habitación de hotel. Que él volvió a San Francisco y ella a Europa, primero a Londres, luego a Madrid, y que al cabo de dos meses de separación decidió irse a San Francisco para estar con él. Que los mensajes electrónicos y las muchas llamadas que él hizo la terminaron por convencer de que quería estar a su lado para siempre, si es que esa palabra podía usarse con algún tipo de certeza. Le contó cómo a su vuelta a California Julián ya había conocido a Sabine, la chica argentina. Finalmente le habló del manuscrito y le dijo que tendría que leerlo para entender. Para entenderle a él también.

Mientras Marianne hablaba los ojos de Constancia se llenaron de lágrimas. Sus manos estaban trenzadas y algunos comensales las miraban con curiosa y discreta aflicción. No podían estar seguras de que nadie entendiese su conversación, porque al parecer en esa ciudad todo mundo hablaba inglés. Pero Marianne trató de prepararla para lo que vendría más adelante, cuando le entregase una copia del manuscrito.

–En medio de su indecisión entre nosotras dos y Sabine hubo alguien más.

Constancia abrió sus ojos verdes y sus labios se separaron con asombro.

–Hijo de puta... –susurró con un tono de incredulidad, arrastrando las vocales, ahogándose.

–Esa es la parte más difícil y oscura con la que he tenido que lidiar desde hace tiempo –dijo Marianne, endureciendo el gesto de su cara.

–Pero, ¿cuándo, cómo, en qué momento? –Constancia preguntó levantando la voz y haciendo que la gente sentada cerca de ellas las mirase con más franqueza.

–Según su propio manuscrito, a su regreso de México. Después de haberte conocido. Yo misma lo recogí en el aeropuerto, pero a los pocos días me fui a Nuevo México a tomar unas fotos para una revista. Él ya tenía relaciones con Sabine, y por supuesto conmigo, cuando te conoció, pero Sabine volvió a Buenos Aires poco después de que Julián regresara a San Francisco. Debe haber sido en los días que siguieron a la partida de Sabine. Según sus propias palabras, conoció a esta otra mujer en un club de San Francisco.

Marianne hizo una pausa para apagar el cigarrillo y preguntó cautelosamente:

–¿Qué tanto sabes de sadomasoquismo?

–¿Qué? –Constancia abrió los ojos desmesuradamente.

El hombre de la mesa de al lado volteó a verla de manera impertinente. Constancia lo enfrentó en español:

–¿Qué me ves, baboso? Concéntrate en tu propia plática. –El hombre enrojeció, pero no dijo nada.

–Bueno, no te asustes. No es que yo sepa mucho, pero creo que la escena sadomasoquista de Londres es mucho más abierta y obvia que la de San Francisco. De todos modos existe y yo ya la investigué un poco.

–Pero ¿me estás diciendo que él era sadomasoquista?

–Bueno –Marianne titubeó–, no exactamente. Gracias a su maldita curiosidad conoció a una mujer misteriosa cuyo nombre desconozco. En su escrito él se refiere a ella como «la Condesa».

Marianne hizo el gesto de poner comillas con ambas manos y dio un trago a su copa de vino antes de continuar.

–Es un sobrenombre que él mismo le puso, haciendo clara referencia a un juego de palabras, a un anagrama de la palabra Condesa. Si alteras el orden de las sílabas, «Condesa», escrito en español, puede transformarse en «Con Sade», como el Marqués de Sade. De acuerdo con el manuscrito, la Condesa era, es, qué sé yo, una mujer sumisa, masoquista. Le gustaba ser dominada sexualmente, me imagino que brutalizada, de alguna manera.

–No puedo creerlo. Él jamás se comportó conmigo así, de una manera violenta ni...

Marianne la interrumpió:

–Tampoco conmigo, Constancia. Para él aquello fue algo completamente nuevo. Por eso traje el manuscrito. Lo tengo en el hotel. Quiero que lo leas tú misma para que no tengas una impresión equivocada. Te digo esto ahora para que no te tome por sorpresa como me pasó a mí.

Continuaron hablando durante horas hasta que el lugar quedó casi vacío. A Marianne parecía angustiarle el dolor de Constancia. Le hacía recordar su propia rabia y desconcierto cuando leyó el manuscrito por primera vez. De las cuatro mujeres que Julián Cáceres conoció y amó en ese corto tiempo, Marianne fue a la que traicionó por partida triple. Primero con Sabine, a quien conoció poco antes de que ella, Marianne, llegara a San Francisco proveniente de Londres; luego con Constancia en México, y finalmente con la tal Condesa. Marianne fue la primera en ese «mapa sexual» que él esbozó en los últimos meses que precedieron a su desgracia y su desaparición tres meses después de su salida del hospital. Marianne sabía que ella no había sido la primera mujer importante en su vida; que no había sido su primer gran amor, pero le consolaba saber que, en aquel ciclo terrible que acabó destruyendo a Julián Cáceres, su amor fue ciertamente el primero, y la entrega mutua, total, sin condiciones de ningún tipo.

Haciendo un esfuerzo para calmarse, Constancia le preguntó si quería ir a algún otro lado a tomar un café, pero Marianne, adivinando que lo que Constancia más deseaba en ese momento era tener en sus manos el manuscrito, le dijo que estaba cansada y prefería volver al hotel.

Ya en el Bristol, Marianne subió a su habitación a buscar el texto para entregárselo. Cuando bajó nuevamente y se lo dio, Constancia lo tomó en sus manos y estrechándolo contra su pecho le dio un beso en la mejilla y se fue. Marianne volvió a su cuarto a contemplar desde esa ventana el Ángel de la ciudad que él dejó para siempre con el signo atroz de la duda y la vergüenza quemándole el pecho.

6

Tengo ganas de olerte, me dijo.

Estábamos en Tosca tomando, él gin martinis y yo vino tinto, y cada una de sus palabras era un voluptuoso gato grave que se apretaba a mi cuerpo y me humedecía. Si lo miraba a los ojos algo dentro de mí comenzaba a traicionarme. A su lado siempre me sentí como una puta. Su manera imperiosa de dirigirse a mí, aunque elegante y cortés, no dejaba espacio para la contradicción o el antagonismo. Si en ese momento él me hubiese dicho «desnúdate, perra», yo me habría desnudado en medio del bar. Si en ese momento él me hubiese dado la orden más absurda, yo lo habría complacido. Pero me dijo otra cosa: «Hoy no quiero cogerte, hoy te voy a penetrar de una manera distinta». Pocas veces había estado frente a un hombre que supiese qué decirle exactamente a una mujer. El amor sexual entre mujeres es más fácil, al menos al principio. Mis amantes mujeres tenían la virtud de saber qué decir para despertar mi interés por unas horas, incluso por algunos días, pero a las pocas semanas lo mataban con facilidad con sus dramas.

Lo llevé a mi departamento. Mientras yo buscaba una botella de vino él se sentó en una silla al lado de la ventana, cerca de una litografía que yo había adquirido recientemente en una galería del centro. Sobre el papel cubierto de colores brillantes una línea escrita en diagonal decía: «Lo que tus ojos ven puede matarte». Esto es casi cierto, dijo entre dientes, mientras yo le ponía en la mano una copa de vino tinto. Me miró y se sonrió con esa sonrisa cruel que hizo que me interesara en él desde el primer momento en que le vi en el Trocadero. Yo no sonreí. Lo miré fijamente a los ojos y me llevé mi propia copa de vino a los labios. Lo odié por un instante. A su lado siempre tuve la intuición incómoda de que me encontraba frente a un adversario poderoso, tan poderoso como yo. Una sensación de peligro me comenzó a electrizar el cuerpo al verlo rozar el borde de la copa con los labios sensuales que estaban a punto de reventarle bajo la presión de la sangre. Sus dientes eran casi perfectos, pero su sonrisa evidenciaba una perversidad sin límites. Lo odié porque en ese momento me gustó más de lo debido. Lo odié porque en ese momento supe que siempre estaría a su merced, a su entera disposición para que él hiciese de mí lo que quisiera.

Se levantó y tomándome por los hombros hizo que me sentase en la silla que él acababa de dejar. Se arrodilló frente a mí. Sin mirarme a los ojos me tomó de las rodillas y me separó las piernas. Metió las manos bajo mi falda y con los dedos índice y pulgar de cada mano me bajó las bragas hasta las pantorrillas. Yo intenté decirle que estaba en mi periodo, que estaba sangrando y que tenía puesto un tampón, pero él hizo un gesto con los labios y las cejas ordenándome que me callara. Obedecí y casi de inmediato sentí cómo me empezaba a mojar. Hubiese querido permanecer seca, pero el fluido involuntario de mi coño me traicionó. Cerré los ojos y eché la cabeza hacia atrás suspirando profundamente. Me abandoné a lo que vendría. Sentí su aliento caliente tocándome los muslos. Su boca estaba a escasos milímetros de mi piel. No me tocaba, pero su respiración me recorría la piel como una lengua de aire húmedo que me producía una sensación de asfixia. Intenté acariciarle el cabello, pero él me tomó por las muñecas y puso mis brazos sobre los brazos de la silla. No me atreví a moverlos, pero aferré mis manos a esa madera oscura como si esos brazos de madera fuesen aquellos del hombre que en ese momento ponía sus manos abajo de mis nalgas desnudas y las levantaba como se levanta una vasija de la que se va a beber.

Su aliento comenzó a tocarme los labios vaginales. En ningún momento su boca hizo contacto con mi piel. Sólo su aliento me envolvía y me quemaba, me hacía cosquillas, me penetraba por los poros, por las raíces de cada vello púbico, me tocaba la vulva, hacía que me humedeciese más. Yo empecé a temer que en cualquier momento mis jugos vaginales comenzaran a escurrirme por los muslos como una baba hecha de miel puta. Sus dedos pulgares tomaron los bordes de mi sexo y lo abrieron como se abre una granada china, como se separan los gajos frescos de una mandarina hindú, o los de una naranja madura en un día caluroso de Luisiana. Mi espalda comenzó a arquearse al escuchar su respiración que se bebía cada centímetro cúbico del aroma que emanaba de mi interior en brasas. Con los ojos cerrados yo sentía el pulsar de mi sexo abierto y me hacía una imagen de él en la que una discreta columna de humo púrpura brotaba de su boca, ascendía, y le daba a su rostro un aspecto posible únicamente en una fotografía de Jan Saudek. La imagen de su boca en medio de ese vapor oloroso a perfume de orquídea ebria me hizo sentir un deseo enorme de venirme, de soltar a chorros mis líquidos más íntimos sobre su boca, para que me bebiera y me lamiese de una vez por todas. Pero no me atreví a empujar mi cuerpo hacia su cara, ni me atreví a separar los brazos de la silla. Tuve que contentarme con un movimiento leve de caderas cuando sentí que me venía; cuando sentí que ya no podía aguantar más el hierro al rojo vivo de su aliento, el contacto de sus dedos abriéndome como una fruta, y su olfato arrebatándome toda la esencia de mi ser y la cordura.

Se levantó y me dejó abierta y temblorosa sobre la silla. Cuando abrí los ojos, después de segundos que me parecieron eternos, él estaba sentado en una silla frente a mí, fumando, con su copa de vino en la mano. No sonreía, su mirada era arrogante, burlona.

–Te dije que no te iba a coger.

Quise matarlo.

Ángela releyó lo que escribió durante la hora y media que estuvo en el café y arrancó las hojas de la libreta. Salió a la calle y volvió apresuradamente a su casa, no sin antes tirar a la basura las hojas desgarradas.

7

El otro es un país.

El otro es un signo de interrogación sin fondo que produce vértigo. Una geografía nueva para ser descubierta con otra mirada. Aprender a ver el mapa del otro. Refinar la mirada; ajustar el peso de la mirada. Los espejos no son abominables, sino los ojos. Lo que tus ojos ven puede matarte. El otro te mira y te espera desde el hielo y el azogue. El otro espera en el país de la muerte.

Los ojos dividen, categorizan, separan. Los ojos multiplican. *My divided eye. My divided I.* La luz de la vela a punto de extinguirse que borrará mi rostro del espejo. La ligereza helada de la luz. Para descubrirte me tengo que volver ligero como la luz. Refiltrar la mirada. No seas mi espejo. Tengo que quedarme sordo y tengo que quedarme ciego para comenzar a entender. Para comenzar a despojarme de ti. Perderé la vista en la isla de los mil y un espejos. Viajaré al otro.

Viajaré al otro como si ese otro no fuese una tierra prometida, sino simplemente una tierra más entre las muchas del planeta. No quiero encallar en la isla de los espejos abominables. No quiero el espejismo de una realidad fácil, predecible. Prefiero la certeza de saber que en primer lugar está la duda, y después todo lo que resta es producto del tamaño del engaño y la credulidad. Caminaré con pies descalzos sobre la duda. No la brasa ni el hielo. No la arena candente de un desierto improbable; no la quemazón de una Antártida del humor del fin del tiempo en la planta de los pies. Yo soy el otro. Soy letra. Soy signo.

Arribaré a la otra costa de mi ser cruzando a tientas el territorio desconocido de mi piel. Saltaré para salir, escapar de mi piel. Saltaré desde el puente de oro de mis dudas hasta el fondo de la nada. El salto me conducirá a mi propia tierra incógnita.

8

–Hijo de la chingada...

El grito y el manuscrito se estrellaron violentamente contra una de las paredes de la casa. Las hojas volaron en todas direcciones y el cuerpo de Constancia se derrumbó sobre un sillón. Durante unos minutos lo único que se escuchó en la casa fueron sollozos interrumpidos por insultos y balbuceos que no tenían ningún sentido más que el desahogo. Frente a ella un ventanal enorme, desde donde se podían ver los volcanes en ciertos días del año, se interponía entre su dolor y el sonido de los escasos autos que pasaban frente a esa calle escondida en una de las colinas del sur de la ciudad.

–Hijo de la chingada...

Cuando el llanto cedió un poco, Constancia se levantó del sillón y buscó un cigarrillo que encendió con mano insegura. Fumando, se acercó al vidrio de la ventana y por unos minutos sus ojos se perdieron en la contemplación del paisaje de la ciudad más grande del mundo, la que le dio el regalo de algunos de sus momentos más felices con Julián. De pronto recordó las hojas del manuscrito que estaban regadas por todo el piso. Sintiéndose culpable, dejó el cigarrillo en un cenicero y se dirigió rápidamente a recogerlas como una madre recogería el cuerpo despedazado de su hijo después de un accidente. La tarea de juntar las hojas dispersas la hizo llorar una vez más, pero ya no con rencor, sino con algo que chorreaba arrepentimiento, dolor, abandono, humillación, nostalgia. Con las hojas del libro en el regazo, Constancia se sentó frente a su pequeño escritorio y mientras las ordenaba intentó en vano esclarecer algunos hechos. Intentó también recordar el rostro de Julián y no pudo. Trató de recordar su olor y se dio cuenta de que el olor de Julián se había escapado de su memoria como al paso de los meses se desvanecieron los detalles de sus conversaciones. Acercó su nariz a las páginas del manuscrito, pero el papel olía únicamente a papel.

Pensó en Marianne. Las dos eran viudas de un mismo fantasma, de un mismo felino evasivo. Había leído el manuscrito en menos de cuatro horas devorando las páginas con sorpresa, con dolor y con tristeza. Se reconoció como un personaje de la historia y no pudo evitar sentirse parte íntima del pequeño pero complicado rompecabezas que él armó en esos meses de búsqueda. No entendía muy bien por qué se sentía tan afectada. Después de todo su *affair* real con aquel hombre duró apenas un par de semanas. Las llamadas telefónicas, las cartas, los mensajes en las contestadoras, todo se transformó ahora en algo irreconocible, como los trozos de madera flotante que deja una gran ola en su regreso al mar después de haber destruido una embarcación pequeña.

Se conocieron en la Ciudad de México el año anterior. Aquellos días fueron terriblemente intensos, pero él se fue, eligió alejarse, volver al extranjero. Ahora Constancia entendía mejor por qué. Tuvo que volver a San Francisco y sus mujeres, sus gatos, su obsesiva cacería de significados. Luego, cuando el humo del décimo cigarrillo no le dio ninguna respuesta, recordó la noche en que él, con trazo delicado y pulso firme, le marcó todo el cuerpo con un bolígrafo. Recordó el deslizarse de la punta de la pluma entre sus pechos, en la piel de abajo de los pechos, en sus hombros. Recordó con un estremecimiento las palabras que Julián le escribió en la espalda, en el cuello, en los muslos, en los brazos, y no fue sino hasta entonces cuando comenzó a recuperar la imagen de su rostro. Se abrazó a sí misma derrumbada una vez más sobre el sillón y creyó percibir por un segundo hecho de engaño el olor del cuello del hombre que llegó a marcarla con palabras, si no para siempre, sí hasta que el tiempo y el olvido destrozaran cualquier rastro de su olor, de sus páginas escritas en inglés –porque ni siquiera tuvo el coraje de escribirlas en su idioma natal–, de todo aquello que sus manos oscuras le hicieron a su cuerpo.

Pude haberlo salvado, se dijo de pronto. Recordó que pudo haber ido a verlo a San Francisco y no lo hizo. La idea la lastimó y se culpó por no haber tomado la decisión de subir a un avión para estar a su lado en las poco más de cuatro horas que duraba el vuelo entre las dos ciudades. Especuló que de haberlo hecho las cosas pudieron haber sido distintas. Si ella hubiese estado allá, él jamás habría ido al lugar donde conoció a la Condesa. Pero no pudo sentirse completamente segura de esto. Tal vez, volvió a decirse, no habría funcionado. Tal vez le habría hecho sentirse acorralado, le habría hecho sentirse atrapado como Marianne lo hizo sentir. Tal vez su instinto de muerte fue más poderoso que el deseo simple de preservar la vida, común a la mayoría de los humanos.

En medio de su azoro por lo que leyó en el manuscrito, Constancia se sintió profundamente fascinada por la mujer misteriosa a quien él bautizó como la Condesa. A lo largo de esas páginas ninguna mujer, ni ella misma, era tan poderosa como aquella mujer oscura, nocturna, sin nombre, sin historia. «Mujer de fuego», dijo en voz alta en medio del silencio. Necesitaba hablar con Marianne sobre ella. Pero ya era demasiado tarde para llamarla al hotel. O demasiado temprano, comenzaba a amanecer. Se asomó a su ventana del sur de la ciudad. Supuso que a esa hora la mujer de fuego de San Francisco estaría despierta. Se la imaginó como un ser que sólo habitaba el territorio engañosamente calmo de la noche. Debe ser muy bella, pensó, recordando la debilidad que Julián tenía por las mujeres bellas. Recordó una frase del manuscrito: «Porque el tango es al alma del hombre atormentado lo que el perfume francés al cuello de una mujer enamorada».

Eran las seis de la mañana en la Ciudad de México. Calculó que serían las cuatro en San Francisco y que la Condesa estaría en la oscuridad de su departamento de la calle Fillmore. Recordaba esa calle porque antes de conocer a Julián había estado en San Francisco. También recordaba el *look* de las mujeres góticas de aquella ciudad. Las había visto en Nueva York y en Londres. Sus ropajes hechos de brocados y terciopelo negro siempre le dieron curiosidad. Sus rostros pálidos, las cabelleras negras. Sus miradas huidizas y alérgicas a la luz. Trató de imaginarse a la Condesa a través de la descripción del manuscrito. Sintió un apremiante deseo de poder verla, conocerla, hacerle preguntas. Pero no sabía cómo podría llegar a hacerlo. Se quedó dormida pensando en la ciudad lejana donde las calles son un laberinto poblado de seres sensuales que ascienden y descienden las colinas en busca de algo que ella intuía pero todavía no podía articular. Se quedó dormida con la imagen del laberinto tatuado en la nalga de aquella otra hermana siniestra y desconocida. Sus sueños se poblaron de mujeres de piel pálida que caminaban semidesnudas por las calles de San Francisco y Coyoacán, vistiendo escasas ropas negras, lencería delicada, y con los cuerpos cubiertos de inscripciones que ella trataba de leer sin lograr entender esa caligrafía extraña. Se quedó dormida en el sillón, y la noche alrededor de ella se pobló de un aroma de rosas secas y violetas muertas, de vino de oporto y de sudor, de un aroma de vino portugués avinagrado.

9

Pasaron tres semanas. Pasaron veintiún días desde su regreso a Nueva Orleans y Ángela Cain estaba a punto de sufrir una crisis nerviosa. Todos los días padecía las consecuencias de un cambio profundo en su rutina; una a la que estaba acostumbrada desde hacía siete años. Se despertaba en la mañana y por más esfuerzos que hacía para volver a conciliar el sueño no lo conseguía. Al caer la noche se sentía tan cansada que su cuerpo se derrumbaba vencido sobre la cama y no lograba mantenerse despierta por más que se lo propusiera. Una noche se dirigió a uno de los clubes de la avenida Frenchmen y consiguió cocaína con un chico que estaba cerca de la entrada vendiendo su mercancía. Volvió al departamento y cortó tres líneas. Estas tendrían que haber sido suficientes para mantenerla despierta durante al menos seis horas, pero después de un par de horas tratando de evitar el sueño con una novela de Anne Rice que recordaba como una de sus favoritas durante su adolescencia y que en la relectura le pareció llena de clichés y mal escrita, Ángela volvió a su cama víctima de su destino cambiante. Trató en vano de escribir, escuchar música, hacer ejercicios de meditación, pero todo fue inútil. Tampoco sentía deseos de salir a las calles de Nueva Orleans a buscar alguna distracción; prefería permanecer recluida en su apartamento, lejos de cualquier cosa que la pudiese distraer de ese proceso de descubrimiento de su nueva identidad. Al cabo de los días, a medida que sus esfuerzos cotidianos para continuar con su mismo horario de vida nocturna fallaron consistentemente, Ángela comenzó a aceptar la posibilidad de que el descubrimiento de esa persona que intentaba revelarse dentro de ella pudiese estar vinculado a esa alteración de su metabolismo. Aceptó también el hábito reciente de caminar cada mañana hasta Kaldi's a tomar una taza de café y escribir cosas que invariablemente destruía.

La mañana del día treinta se levantó, y por primera vez en siete años eligió ponerse un par de *jeans* y una blusa blanca. El baúl donde estaban guardadas sus ropas de adolescente estaba repleto de prendas hasta esa hora olvidadas. Frente al espejo del baño apenas se reconoció. La divirtió verse así de nuevo. Salió y se dirigió al café.

En Kaldi's pidió un *capuccino* doble y un *croissant*. Se dirigió a la mesa donde ahora se sentaba todos los días. Sacó su libreta de terciopelo negro. Encendió un cigarrillo y escribió:

Me gusta sentir la redondez de mis pechos cuando los tomo entre mis manos para ofrecérselos. Mientras él besa mis pezones yo siento el peso de mis tetas en las palmas de mis manos. Pienso entonces que mis senos son dos aves que yo suelto para que vuelen hasta sus labios, o dos flores de carne cuyo perfume él respira, o dos fuentes romanas de piedra de donde brota un líquido eterno. Él bebe entonces de esas fuentes milenarias mientras yo cierro los ojos y le digo «Muérdeme, cabrón. Más duro. Más duro. Más duro». Sus dientes crueles se clavan en la aureola de cada flor, en el cuello rosado de cada ave, en el granito rosado de cada fuente. Yo aprieto los párpados porque me duele. Pero me duele de una manera que necesito. Me duele como duele recordar al día siguiente lo que me hizo. Recordar que le he permitido una vez más hacerme todas esas cosas. Mi garganta se cierra y mis gemidos surgen roncos. En cada espacio de mis vértebras anida entonces un hormiguero de ansia. Los músculos del cuello se me paralizan. Las venas se me hinchan, mi raja se disuelve y toda yo me vuelvo molusco.

No me deja tocarlo. Nunca me deja tocarlo.

Estoy sentada con las tetas de fuera. Mis manos le ofrecen las copas y mis pezones parados se amoratan. Él ni siquiera se despeina. Imposible pensar en meter mis dedos en su cabellera. Imposible pensar en acariciarle los lóbulos de cada oreja. Sus manos ya le han dado a mis manos la orden de quedarse quietas, de portarse bien, de ser niñas buenas y no tocar. Yo me abro para él y me contento con su olor a lavanda, a tabaco, y con sentirle. Me abro para que él entre en mí y me rompa y me muerda. Me voy a portar bien porque quiero caminar en el borde atroz de esa línea delgada y oscura donde soy, seré, su Barbie puta, su juguete de seda, su trapo de terciopelo para que se limpie los zapatos o el sudor de la frente cuando quiera. Yo le daré de beber mi sangre devota, mi leche ensangrentada, mi sangre lechosa, mi leche espesa; la sangre ebria de mi sumisión abierta.

Como cada mañana Ángela Cain leyó lo que había escrito, arrancó las hojas de la libreta, y salió a la calle para volver a su casa, no sin antes deshacerse de las hojas arrugadas en un bote cualquiera de basura.

10

Deben ser los tiempos, *les temps*. Debe ser esta ciudad húmeda y misteriosa. *The City*, como la llaman quienes tienen que cruzar sus puentes para llegar a ella. La Ciudad. El artículo antes del sustantivo es importante, debe ser expresado con cierto énfasis. En idiomas como el español, la ciudad es femenina. En inglés, el género es indeterminado: *It*. Como una cosa, o como un animal. Bestia de acero y concreto. Bestia urbana. ¿Y qué animal podría ser esta ciudad? ¿Cuál podría ser el animal totémico de San Francisco? Seguramente un animal nocturno. Seguramente un animal peligroso. ¿Un tigre, un puma, un lince? No. Su animal totémico tiene que ser un lobo. O una loba. *She-wolf.* Bestia de fauces exigentes, paso determinado y elegante. Loba. Loba negra. Bestia. Bestia negra. *Bête noir. Beast. The beat of the beast's heart.* El latido del corazón de la bestia. *Fur. Fury.* Furia. Palpitar de pasos en el laberinto de la ciudad oscura. Palpitar de besos en el ansia. Palpitar de muerte en el apresurarse cruel de la adrenalina.

La Ciudad es femenina y masculina a la vez, es bisexual, andrógina, hermafrodita. Depende de la hora y depende de la niebla. Depende de los ojos de quien la mira. Desde el Golden Gate la visión de la ciudad es femenina porque quien la mira lo hace con ojos de codicia distante. Desde el Bay Bridge la visión es masculina, porque uno entra lentamente en ella, bajando por rampas de concreto y metal hasta su centro en un descenso que dura el mismo tiempo que uno tarda en desabotonarse la camisa. Pero la ciudad es andrógina. Su verdadero centro no es Civic Center, el oficial, sino el antiguo barrio latino de The Mission, La Misión, donde los españoles fundaron la ciudad, la primera misión franciscana, la primera iglesia. La explicación de cada urbe siempre está en su centro. En La Misión es donde ahora palpita el deseo. La Misión es el vértice inquieto de la bestia, el clítoris humeante de La Loba.

Cientos de nombres para el mismo deseo. Nombres de ciudades como claves. Eufemismos de la ansiedad y la destrucción. La ciudad no es nada más el ecosistema de la modernidad, sino el espacio sicológico donde compartimos nuestras obsesiones y nuestras pequeñas muertes cotidianas.

Nombres: San Francisco o Niebla; Nueva Orleans o Deseo; Buenos Aires o Nostalgia. Cada ciudad una capital neurótica del deseo insatisfecho. En cada una de ellas una Roma a punto de derrumbarse cada día, una Pompeya a punto de ser devorada por la lava, una Teotihuacán condenada al vacío de los siglos. En cada piedra erecta el germen de su propia destrucción, de su condena al fracaso. La Ciudad, suma de esfuerzos insuficientes, de nuestra confusión, de nuestra impotencia. Tránsito de sombras por sus calles como espejos. Tráfico de simulacro que se reinventa cada día al despertar con su periódico a la puerta, su café amargo, su interminable desfile de responsabilidades y deberes circulando por calles donde todos disolvemos el rostro en nombre del anonimato y la supervivencia. Ítaca de mierda: aquí está mi sombra, te la entrego a cambio del cheque y la mediocre satisfacción de seguir vivo.

Sin embargo, existe el recurso de contar la historia individual que hace posible esa otra historia. La historia diminuta que justifica aun para nosotros mismos la historia mayor, mayúscula, absoluta. La excepción que destruye la regla. Para sobrevivirse, cada uno construye con sus caprichosos sustantivos el pequeño imperio de su historia.

En algún momento alguien llamará a la otra puerta desde la puerta dorada y este imperio aislado se disolverá como tarde o temprano la niebla se disuelve. Imperio donde no hay frontera entre la realidad y el deseo; donde la frontera entre la vida y la muerte es de aire frío.

II

1

Vestido de negro para siempre, porque el luto ya no era una opción, Julián Cáceres condujo su auto una vez más hacia la zona de los clubes nocturnos de San Francisco. Era la tercera ocasión que lo hacía esa semana y no lo hizo antes porque apenas unos días atrás el neurólogo le había autorizado a manejar.

Salió del hospital caminando con alguna dificultad; más agradecido por dejar atrás el ambiente deprimente del lugar que por estar vivo. En los seis meses que pasaron desde la noche que sufrió la embolia en la cama de la Condesa pocas cosas cambiaron en la ciudad; sin embargo, su vida había sido trastornada para siempre.

Llegó a la calle Harrison y estacionó su auto sin preocuparse siquiera por ponerle el seguro a la puerta. Entró a uno de aquellos clubes donde quizá podría estar la mujer que necesitaba encontrar, como solamente alguien que busca una respuesta definitiva a una cuestión de vida o muerte emprende esa búsqueda. No estaba. Decidió ir al Trocadero. Aun antes de entrar al antro gótico sabía que no la encontraría, pero a pesar de esa certeza se forzaba a recorrer cada metro cuadrado de cada lugar que la lógica le dictaba como una probabilidad real, aunque remota, de encontrarla. En el interior del Trocadero reconoció un par de rostros. Le pareció absurdo que una de las chicas *goth* que bailaba en una de las jaulas que colgaban del techo continuase haciéndolo exactamente de la misma manera en que lo hacía ocho o diez meses atrás. La mujer se contoneaba sensualmente en ese espacio reducido. Era una adolescente de cabello azul cuervo interpretando un papel de *femme fatale* esclavizada voluntariamente tras las barras del apetito. Quiso creer que en cualquier momento la Condesa entraría con su vestuario negro de terciopelo, satín y seda, y que en ese instante imposible terminaría su búsqueda. La música, que pasó de Bauhaus a The Cure, le pareció anacrónica, repetitiva, cacofónica. Encendió un cigarrillo y cojeando se acercó a la barra para ordenar algo de beber, pero cambió de opinión y decidió marcharse. Se dirigió hacia la puerta. Antes de salir le dedicó una mirada rencorosa al lugar. No podría decir con certeza si fue una maldición haber entrado por primera vez a ese antro meses atrás porque fue allí donde encontró a la Condesa, pero reconoció una sensación de placer perverso en su nostalgia por aquellas noches idas.

Julián Cáceres se dijo una vez más que ni siquiera sabía el nombre real de la mujer a quien un día decidió bautizar como la Condesa, y que esto no facilitaba la búsqueda. El departamento donde ella vivía apenas unas semanas atrás estaba ocupado ahora por otros inquilinos, una pareja de japoneses jóvenes recién llegados a San Francisco cuyo inglés era limitado, lo que impidió que pudiese conseguir alguna información concreta sobre «Renée Keller» –el nombre oficial, burocrático, de la Condesa. No sabía su nombre verdadero, pero eso no quería decir que no supiese nada de ella. Sabía la manera en que su cintura se movía cuando le enterraba las uñas en la espalda; sabía la manera en que la Condesa gemía cuando le mordía los pezones hasta casi sangrarlos; conocía el gemido de dolor que su garganta emitía cuando la penetraba por el culo. Y sabía que la necesitaba, que tarde o temprano la encontraría aunque tuviese que buscarla en cada club gótico de San Francisco o Nueva York. La misma lógica con que recorría esos clubes nocturnos de la ciudad le hacía especular que la Condesa –si es que acaso se había marchado– no podría haberse ido a otra ciudad en Estados Unidos que no fuese Nueva York. El resto del país era demasiado provinciano para alguien como ella, dedujo.

Esa noche recorrió cuatro clubes, no todos ocupados por jóvenes con ropajes negros, pero en todos ellos observó la misma marca finisecular, el mismo uniforme: tatuajes en los brazos y en los muslos, *piercings*, perforaciones en los cuerpos de los hijos e hijas del imperio –observó algo que casi le alarmó: las miradas de esos chicos eran miradas vacías. Después de caminar durante otra media hora por Folsom y Harrison decidió volver a su auto.

Condujo sin rumbo fijo y terminó llegando al embarcadero, donde se estacionó. Hacía frío y se puso su saco de lana australiana y una bufanda. Era un verano característico de la ciudad. El tipo de estación del año que hizo que Mark Twain dijera alguna vez que el invierno más cruel de su vida lo había sufrido un verano en San Francisco. Caminó junto al mar y se detuvo para encender un cigarrillo –que ahora tenía prohibido. Frente a él estaban la isla de Alcatraz, los dos puentes gigantescos, los pequeños barcos pesqueros atados a los muelles. Las luces del Golden Gate brillaban libres de la niebla que generalmente las cubría a esa hora. Se preguntó: ¿Cuál sería el último pensamiento de alguien que se tira al mar desde el Golden Gate? ¿Un pensamiento para la ciudad que se desvanece como la conciencia se debe desvanecer en la caída? ¿Para una mujer cuyo cuerpo ya es ajeno? ¿Para el agua helada que recibirá su cuerpo y lo abrazará con su nueva muerte? La imagen de sí mismo arrojándose hacia el mar desde un lugar situado aproximadamente en medio de las dos torres gigantescas le produjo un estremecimiento. Tiró el cigarrillo y volvió al auto. Decidió que lo mejor sería regresar a su departamento a continuar con la escritura de un texto que amenazaba con convertirse en casi una novela. Era el relato de aquellos acontecimientos que comenzaron un año atrás y lo llevaron finalmente hasta el hospital de donde recientemente había sido dado de alta. Julián Cáceres no era escritor, jamás en su vida se le ocurrió que podría serlo, pero en las últimas semanas había descubierto que la escritura era un antídoto eficaz contra la idea cada vez más obsesiva de meterse un tiro en la boca, o la más reciente –la que se insinuó en su cabeza en esos minutos frente al mar– de buscar la muerte lanzándose al vacío desde ese balcón de acero llamado Golden Gate, el más bello de todos los puentes en la última frontera geográfica de la moribunda civilización occidental.

2

Galope muerto de los días, de los barcos que se alejan de la costa como yo me alejo del filo onomatopéyico de un cuchillo, del brillo desquiciado y marchito de aquellas pupilas dilatadas no por la fiebre sino por la locura y su apetito insaciable por la muerte.

Galope muerto de las noches que caen como acentos o campanas en las vocales de un tango moribundo, en el fuelle de un pulmón herido de nostalgia por el filo de un pezón erguido, de una lengua ida, de un colmillo hincado sobre el brazo infiel o la palma de la mano enamorada.

Dejé enterrado al pie del árbol de la noche el cadáver múltiple de mis hijos nonatos para que su sombra les vigile el sueño. Los hijos que me llaman desde su inexistencia y no sabrán lo que de fértil tiene esta desesperada huida. Dejé enterrada la idea ridícula de confesarte mi amor.

Días terribles aquellos, hechos de fiebre y de cuchillo que ahora dejo atrás como zapatos que apretaron demasiado. Cuchillo déspota, brutal, hecho de sangre y carne, enamorado de su carne hermana, de su funda estrecha y húmeda como el origen mismo de esta isla.

Ya no me llamo nada en mi viudez, ya no me llamo nada. O me llamo hueso y cicatriz, polvo de orín o porcelana rota.

Ah, memoria de lengua y nuca derretidas, certidumbre efímera pero concreta tras la entrega volcánica y fluvial de nuestros cuerpos. Lodo del tiempo tras la lluvia dorada de esos besos líquidos.

Vuelvo a mi mitad oceánica como vuelve a casa el hijo avergonzado. Desde la cubierta de este barco, desde la superficie de este puente cuyo nombre borrará mi olvido, ya no tiro redes ni me inclino.

Galope muerto de las olas, galope muerto de esta noche a la deriva que navega sobre el arrepentimiento y la fractura. Ah, maligna, es la hora ciega y yo desaparezco.

Desaparezco.

3

San Francisco es una ciudad de mujeres elusivas que visten de negro. La búsqueda de la Condesa, a la que Marianne se comprometería brevemente por razones que solamente ella entendía, pudo haber sido complicada por la cantidad de mujeres que parecen hijas de la noche, pero Marianne tenía una dirección y una fotografía.

Después de haber pasado una semana en la Ciudad de México, Marianne volvió a San Francisco con la garganta y los ojos terriblemente irritados por el aire irrespirable de aquella ciudad. Le habría gustado conocerla con Julián porque él venía de allí y, aunque él a veces renegara de ella, esa metrópolis era su origen. Como todos los que se enamoran ellos también hicieron planes para el futuro tirados en el territorio privado de su cama. La de ellos estuvo en Manhattan. Allí soñaron con viajar juntos a Londres, deambular por las islas griegas, recorrer el norte de África. También soñaron con un viaje a la ciudad más populosa del mundo, la que él abandonó. Él le mostraría sus rincones favoritos: una pequeña plaza adoquinada, un café escondido en un barrio añejo, un cuadro de Vicente Rojo en un museo. En eso se convierten las ciudades, memorias inciertas de un cierto aroma, la cicatriz verde de una banca en un parque, la esquina desteñida donde desapareció un amor adolescente para siempre. Un pasado inmóvil en bolero y sepia.

Durante esa semana en México, Constancia fue amorosa y comprensiva con ella. Marianne no sabía si por esa razón decidió esperar hasta el último día de su estadía para mostrarle la fotografía de la Condesa. Tampoco entendía por qué no lo hizo antes. Tal vez la relación particular que ella guardaba con la fotografía se lo impidió; un asunto privado entre sus ojos y la realidad que ella escogía para transformarla. Además esa fotografía de la Condesa no era una simple foto. No era una más entre las miles que Marianne tomó a lo largo de su vida profesional. No solamente era una imagen que por razones personales tenía un significado especial para ella, sino que era una de las más bellas que jamás hubiese producido. Lo que había capturado en ella tenía algo de secreto y algo de evidencia. Era a su vez el testimonio de algo oscuro y prohibido.

La tomó una noche que fue a buscar a Julián después de una sesión de revelado. Quería esclarecer un par de puntos que ella consideraba pendientes luego de una discusión en la que se confesaron mutuamente sus infidelidades. Al llegar en un taxi a su departamento en Noe Valley, le vio salir de su edificio. En vez de bajarse del taxi e interceptarlo Marianne le pidió al chofer que se detuviese antes de que él pudiese verla sentada en el asiento posterior del *yellow cab.* Julián se subió a su auto, emprendió la marcha y ella le ordenó al chofer que le siguiese a una distancia prudente. El auto de Julián subió y bajó colinas hasta llegar a la calle Haight. Allí dio vuelta en Fillmore, avanzó dos o tres cuadras y se estacionó. No estaba segura de qué estaba haciendo, pero le pidió al taxista que se detuviese en la esquina. Sin bajarse del taxi, aguardó hasta que él entrase al edificio a donde iba. Pagó y se dirigió hacia la entrada del pequeño edificio victoriano de apartamentos, típico de esa zona de la ciudad. Según la lista del interfón, había seis departamentos. Encendió un cigarrillo y leyó los nombres de los inquilinos. Solamente dos eran nombres de mujer. Del bolso enorme en donde guardaba sus pertenencias y sus cámaras sacó una libreta Ideal que Julián le regaló y los apuntó: Sheila Lawson y Renée Keller. Atravesó la calle y desde la banqueta de enfrente buscó algo, cualquier cosa visible en las ventanas. A su espalda había otro edificio. Vio la puerta abierta y decidió entrar. Subió al primer piso y se dio cuenta de que el pasillo central que separaba los departamentos tenía en cada piso una ventana desde la que podían verse la calle y el edificio de enfrente. Subió casi corriendo hasta el tercer piso y desde allí vio a Julián que salía de nuevo a la calle y encendía un cigarrillo recargado en una de las columnas de mármol de la entrada. Parecía preocupado. Marianne dedujo que la persona que buscaba no estaba en su casa. O él decidió en el último momento no entrar a verla. Marianne buscó nuevamente en las ventanas aquello que aún no sabía qué era y desde esa altura descubrió la ventana abierta de un cuarto donde una mujer caminaba desnuda. Se acababa de bañar porque se estaba secando el cuerpo con una toalla. La mujer puso la toalla en el respaldo de una silla y se sentó en un banquillo frente al espejo de un tocador. Si hay alguien a quien él ha venido a buscar, tiene que ser ella, Marianne se dijo convencida al verla. Tiene que ser ella. Sintiendo que el corazón se le salía del pecho sacó una de sus cámaras del bolso, colocó con rapidez el lente de largo alcance y capturó la imagen de la Condesa que meses después le enviaría al mismo Julián y que más tarde le mostraría en México a Constancia. Cuando lo buscó nuevamente en las afueras del edificio, Julián ya había desaparecido. Trató en vano de ubicarlo y cuando apuntó la cámara una vez más para sacar otra foto, las cortinas del departamento ya estaban cerradas y ninguna luz se filtraba hacia el exterior. Marianne decidió entonces salir del edificio y tomar otro taxi para volver a su departamento a revelar de inmediato la foto.

Cuando se la mostró, Constancia la tomó cuidadosamente con las puntas de los dedos y dijo simplemente: es bella. Estaban en una cafetería en Polanco. Marianne se disculpó por no haberle podido hablar de la fotografía hasta entonces.

–¿Estás segura de que es ella? –preguntó Constancia, encendiendo un cigarro y mirándola fijamente a los ojos.

–Cien por ciento segura.

–¿Y cuándo tomaste la foto?

–Eso es parte del juego terrible de las coincidencias: resultó ser la misma noche que él tuvo la embolia. Cuando comencé a hacer averiguaciones y fui al hospital donde él estaba internado, me dijeron que no me podían dar ninguna información porque no era familiar del paciente, pero después de insistir accedieron a darme la fecha en que lo ingresaron a la sala de emergencias y posteriormente a terapia intensiva. La fecha del ingreso coincide con la de la noche en que tomé la foto.

–Pero, ¿cómo puedes estar segura de que se trata de la Condesa? –insistió Constancia abriendo los ojos.

–Lo supe cuando leí el manuscrito y pude comparar su descripción de la Condesa con la mujer de la foto. Si te fijas bien puedes distinguir el tatuaje del laberinto en la nalga derecha.

–¿Pero por qué nunca la buscaste, o por qué no intentaste hablar con ella? –Constancia insistió sin quitarle los ojos de encima a Marianne.

–Porque no sabía más que lo que él mismo me insinuó en una conversación. Sabía que había otra mujer, pero no tenía idea de que se tratara de alguien como la Condesa. No fue sino hasta que tuve los detalles de su relación, otra vez gracias al manuscrito, que quise saber más. De hecho yo no me enteré de inmediato de que él tuvo una embolia. Después de aquella noche de la foto fui a buscarlo un par de veces a su casa donde una vecina que tenía las llaves de su departamento y le daba de comer a los gatos cuando él viajaba me dijo que no sabía dónde estaba, que era posible que hubiese tenido que hacer algún viaje de emergencia. A la semana siguiente llegó un empleado del hospital buscando a alguien a quien dar aviso, con la esperanza de que algún familiar o amigo fuese a hacerle compañía y a la vez asegurarse de que la cuenta del hospital sería pagada. No fue sino hasta entonces que la vecina me llamó por teléfono para decirme que Julián estaba internado. Fui yo quien llamó a Sabine, porque en la máquina contestadora del departamento había grabados algunos mensajes de ella y yo me tenía que ir a Londres a finalizar un trabajo para un libro que estaba haciendo en aquel momento. Sabine vino y estuvo con él casi hasta su alta del hospital. Con Sabine en San Francisco yo no podía estar cerca de él, o de ellos. Le cedí a Sabine la responsabilidad de cuidarlo.

–¿Y qué pasó con Sabine? –preguntó Constancia, aplastando la colilla del cigarrillo en el cenicero.

–No sé. No quiso que la buscara en el aeropuerto. Me evitó de una manera cortés, elegante. Cuando él se tiró del puente, si es que en efecto se tiró...

–¿Qué? ¿Cómo que «si es que se tiró»? –exclamó Constancia casi gritando.

Marianne le pidió que la dejara terminar y continuó hablando.

–Cuando Julián «desapareció», yo pude volver a entrar a su departamento gracias a la vecina, y allí encontré el manuscrito. La volví a llamar a Buenos Aires para preguntarle qué pensaba que tendríamos que hacer con el escrito. Me preguntó qué clase de manuscrito era y tuve que decirle que hablaba de nosotras tres y de una cuarta mujer. No quiso leerlo. Me dijo que no quería saber nada al respecto. Sentí que al negarse a que le enviara el manuscrito, me pedía también que ya no la volviese a llamar. Estaba lastimada y creo que quería protegerse.

–No la culpo. A veces me pregunto por qué no nos olvidamos del asunto. Nos duela lo que nos duela, él se mató y tal vez tendríamos que dejarlo descansar en su tumba.

–No está enterrado –musitó Marianne.

–¿Y entonces?

–Nunca encontraron su cuerpo.

–¿Qué? ¿Cómo que no lo encontraron? –Constancia preguntó alarmada.

–Nunca lo encontraron. Incluso uno de los detectives que investigó el caso llegó a insinuar que el supuesto suicidio fue una farsa. Que él sabía de al menos un caso en la historia oscura del Golden Gate en el que alguien fingió suicidarse para liberarse de sus acreedores y de paso de su esposa.

–No me chingues –exclamó Constancia haciendo con los labios un gesto de rechazo–. ¿Y tú crees que eso es posible? ¿Pero por qué razón?

Marianne respiró hondo. No sabía cómo decirle o explicarle lo poco que sabía.

–Constancia, a estas alturas no sé mucho más de lo que tú misma sabes. Esto es lo que yo sé: Julián era un tipo extraño. Se enamoró de cuatro mujeres, tuvo una embolia mientras cogía con la famosa Condesa, estuvo internado por unas doce semanas, perdió temporalmente el uso del habla, salió del hospital con dificultades para caminar, el lado derecho del rostro medio paralizado. Sabine estuvo con él hasta que sus ataques de depresión y su actitud colérica y agresiva la hicieron decidir que sería mejor volverse a Argentina. Cuando volví de Londres, él se negó a verme y decidí respetar su deseo de estar solo. Luego me enteré de su desaparición, y ahora estoy aquí contigo, con la gran tentación de meterme a hacerla de detective privado para saber qué es lo que pasó entre él y la Condesa, y también para averiguar por qué, si es que lo insinuado por aquel policía es cierto, Julián pudo haber simulado un suicidio. Todo esto me produce una curiosidad enorme. Lo quise mucho, pero eso ya no es lo que me mueve; quiero saber qué pasó, por pura curiosidad. ¿Por qué te ríes? ¿Crees que estoy loca?

Constancia la había escuchado respetuosamente. Mientras Marianne hablaba, Constancia estudió sus grandes ojos azules, su cabello rubio que se movía al compás de su declaración apasionada. Hacia el final de las palabras de Marianne, Constancia comenzó a sonreír.

–No, querida. Por supuesto que no creo que estés loca. Sonrío porque yo también pensé que este pinche drama es como una novela de detectives; *tu* novela de detectives. Yo estoy demasiado lejos y no puedo hacer nada. Sabine decidió borrarse del escenario, y las únicas que quedan son tú y la mujer esa, si es que él simplemente se murió y su cuerpo está en el fondo del Pacífico, que es lo que yo creo. Ahora que si todo fue una farsa, me imagino que Julián estará en algún lugar lamiéndose las heridas y tal vez escribiendo otra historia. Espero que no te estés obsesionando demasiado con todo este asunto.

Marianne no dijo nada por unos momentos. Recordó una vez más que nadie sino él la hizo desear hacer una pausa en el viaje, tener hijos, quedarse.

–No te preocupes. Nada más es curiosidad. Solamente eso.

Marianne sacó de su pequeño escritorio la foto de la Condesa desnuda y con una tachuela la clavó en la pared de su habitación. Observó la manera en que la luz caía sobre la espalda y las nalgas desnudas de su rival iluminando el laberinto, el pozo profundo donde se perdió Julián. No te odio, le dijo a la foto, pero me gustaría encontrarte en algún lugar de San Francisco para pedirte que me lo devuelvas.

4

Se sentó frente a la computadora a las cuatro de la tarde. A su lado izquierdo, sobre el escritorio, una botella de bourbon y un vaso con hielo. A su lado derecho un paquete de cigarrillos, un encendedor y un cenicero. No necesito nada más, se dijo. Como todo escritor macho, con esto tengo suficiente. Encendió el primer cigarrillo. Vertió sobre el hielo el primer chorro de bourbon. Comenzó a teclear. Durante las últimas semanas de su estancia en el hospital concibió la idea de escribir algo que le ayudase a entender lo vivido en los meses recientes. Ahora que tenía la oportunidad de hacerlo, estaba listo para transcribir las ideas que le obsesionaron durante todo ese tiempo. Sentado frente a la computadora descubrió que mientras estaba frente al teclado no tenía que pensar en muchas de las cosas que lo torturaban. A pesar de estar escribiendo sobre ellas, el solo hecho de ponerlas por escrito exorcizaba los sentimientos que producían esos recuerdos tortuosos. Era irónico, paradójico, contradictorio, pero era, sin embargo, cierto. Se le ocurrió que no estaba escribiendo sino simplemente mecanografiando las cosas que sabía. Nunca antes intentó escribir historias, tal vez porque nunca se le ocurrió pensar que dentro de él las había. Ahora transcribía la única que tenía. ¿Valía la pena ser contada? Poco le importaba la respuesta a esta pregunta. No la estaba escribiendo para nadie. Si esa, su única historia, valía la pena ser escrita, era porque le servía para un propósito concreto: el de entender lo que pasó durante los meses que anduvo perdido entre los cuerpos de aquellas mujeres y sus propias obsesiones. A partir de haber tomado la decisión de contar lo sucedido, los días y las noches cambiaron, la noción del tiempo a la que estaba acostumbrado adquirió un matiz completamente distinto. Ya no necesitaba salir, ni llamar a nadie por teléfono; no necesitaba abrir su correspondencia; no necesitaba preocuparse por comer, por arreglarse para ir a algún lado o por afeitarse. Su nuevo mundo estaba allí, guardado en el disco duro de la memoria de su computadora esperando ser abierto en cualquier momento, disponible a la orden de los dedos que abrían o cerraban documentos, ventanas, archivos electrónicos. Poco a poco su cerebro, su corazón y su computadora iban formando una unidad más y más estrecha.

La embolia sufrida en el lecho de la Condesa le produjo una afasia ligera que le afectaba el habla y le impedía moverse con la agilidad a la que estaba acostumbrado. Pero llegó a no importarle demasiado porque ahora no necesitaba hablar con nadie, como no necesitaba ir a ningún lado. Estaba en el centro independiente de su imperio. Y estaba en el primer mundo. Todo lo podía ordenar por teléfono o incluso a través de su computadora. Comida para él y los gatos, alcohol, cigarrillos. Si se veía obligado a salir, porque hasta la computadora tenía sus límites, no tenía que establecer ningún tipo de contacto con nadie. Eso era parte del contrato social en Estados Unidos, capital mundial del aislamiento y la soledad. En silencio hacía sus compras, en silencio escribía los cheques, en silencio volvía cojeando hasta su casa. Al volver guardaba en la alacena las cosas compradas, alimentaba a sus tres gatos y se recluía en su estudio a continuar escribiendo. Pasó así el primer mes.

Al comienzo del segundo mes de aislamiento el manuscrito había crecido considerablemente. No podía ser un escritor muy prolífico porque le costaba mucho esfuerzo mecanografiar. Era como si no supiese hacerlo. La afasia se manifestaba en una suerte de dislexia que hacía prácticamente ilegible lo escrito. Y si intentaba hacerlo en forma manuscrita la dislexia era peor. A veces escribía un párrafo entero y le resultaba imposible leerlo después. Esto le producía una gran frustración. Estaba acostumbrado a mecanografiar a gran velocidad y sin errores. Ahora tenía que asegurarse de que la tecla oprimida era la correcta en el mismo momento de hacerlo, porque si no lo hacía así, después le era casi imposible descifrar lo escrito. Por esta razón las casi cien páginas que imprimió hacia el final de las primeras cuatro semanas le produjeron una sensación de orgullo. No solamente jamás escribió en su vida cien páginas de algo que pudiese ser considerado como escritura literaria, sino que lo hizo batallando en contra de un gran dificultad física. Golpe a golpe, cada una de esas palabras fue creada con gran esmero, para no desperdiciar energía y significado. Además, en ocasiones las mecanografió en un estado de ebriedad casi poética, resultado simultáneo del bourbon y de los temas que abordaba. Se le ocurrió que si la escritura no se hacía de esa manera, en un estado de embriaguez física o espiritual, entonces no valía la pena de ser ejecutada (y la palabra misma le hizo sonreír). Sabía que lo que estaba haciendo jamás podría llegar a ser considerado como una novela por un editor o por un agente literario. Sabía que el texto jamás llegaría a ser publicado. Pero el placer que encontraba en hacerlo radicaba precisamente en ese conocimiento. Lo estoy haciendo para entender, se decía. Comprendió a partir de entonces sus preferencias por cierto tipo de libros. Entendió también su rechazo por aquellas obras literarias que buscaban exactamente lo contrario: no entender, sino entretener. Recordó algo que Marguerite Duras dijo en *El amante*: «Si la escritura no es todas las cosas, todos los contrarios confundidos, una búsqueda de la vanidad y el vacío, entonces no es nada».

Supo que ese escrito tendría únicamente cuatro lectores, él incluido. Las tres mujeres que amó a la luz del día, él y nadie más. Imposible encontrar a la Condesa, imposible confesarle su amor de esa manera oblicua. Le molestó en principio haber iniciado la escritura de todas esas páginas en inglés. Pero las primeras líneas fueron escritas en su segundo idioma y después ya no quiso hacer ningún cambio. Además, ¿cómo expresar en español lo sucedido?, ¿cómo hablar de los tatuajes y de la Condesa en español? Era difícil pensar que una narrativa sobre San Francisco pudiese ser realizada en un idioma que no fuese el inglés americano. Si acaso era posible, a él no le interesaba hacerlo. Sus días comenzaron a tener un sentido que nunca antes tuvieron. No era un escritor profesional, pero escribía.

Al término del segundo mes comenzó a sentirse como seguramente se sintió Scherezada ante la cercanía de la muerte. Sabía que se estaba aproximando al final de la historia y que una vez finalizada no habría nada más que decir o hacer. Se había bebido muchas botellas de bourbon, se había fumado incontables paquetes de cigarrillos, las hojas impresas sobre el escritorio pasaban de doscientas. Se le ocurrió que podría dedicarse a escribir historias por el resto de su vida. Y se dio cuenta de que eso era justamente lo que estaba haciendo. Estaba escribiendo la historia del resto de su vida, la del final de sus días. Como Scherezada, inició aun antes de terminar esa que contaba, otra historia, pero se dio cuenta de que estaba cometiendo fraude. Quería engañar al Gran Sultán, a la muerte. Pero para engañar a la muerte tendría que engañarse a sí mismo, y eso ya no podía darse el lujo de hacerlo. Su sentencia ya estaba firmada. De acuerdo con la misma historia que estaba llegando a su término, todo se estaba precipitando hacia un final del cual no existía escapatoria posible. En la vida real todas las cacerías culminaban con la captura de la presa o con el fracaso del cazador. Recordó que la historia misma de la literatura era una larga historia de cacerías, algunas exitosas, otras no. El minotauro y Teseo, la mitología griega entera, los mitos indígenas de Mesoamérica, las leyendas celtas. La historia misma de la humanidad con sus guerras, sus invasiones, su absurdo sistema de órdenes cerrados a cualquier otra posibilidad de interpretación no eran sino metáforas cambiantes y estúpidas de la misma idea de persecución y captura, aniquilamiento, muerte. ¿Valía la pena buscar otras historias? Su respuesta fue clara y definitiva: no. En el momento en que ponga punto final a este libro, se dijo, tomaré la decisión del punto final de mi existencia.

A mediados del tercer mes terminó el borrador y se dedicó entonces a pulirlo, a limpiarlo, a sacar las partes redundantes, repetitivas, aquellas que estaban pobremente escritas, aquellas que no contribuían a lo más importante y significativo que buscaba transmitir. Revisó los adjetivos, las construcciones verbales de cada oración, los tiempos narrativos, la veracidad de la información proveniente de otras fuentes. Cuidó que el formato fuese legible, que las hojas estuviesen numeradas, la ortografía correcta. Para asegurarse de que todo coincidiría con su decisión final se dio a la tarea de redactar cartas para las personas que merecían cartas –sus padres y las tres mujeres que le amaron y que leerían esas misivas con decepción y tristeza. Julián tenía ahora un plan y para llevarlo a cabo tendría que deshacerse de los vestigios y evidencias de su existencia civil sobre la Tierra. En la tercera semana del tercer mes, su doctor lo autorizó a conducir su auto una vez más. Entonces comenzó a buscarla. No supo cómo ni por qué razón lo hizo, pero cada noche se iba a los clubes de Soma y a los bares de La Misión donde según él era posible que estuviese la Condesa, si es que aún estaba en la ciudad. No la encontró, pero gracias a alguien que conoció por coincidencia (y su mente le dijo una vez más que las coincidencias no existen, que todo es parte de un orden preestablecido) pudo obtener información sobre ella. Información que trastornaría sus planes inmediatos. Todo cambiaría en unos cuantos días. Razón de más para concluir este puto escrito, se dijo mientras se servía otro trago.

5

Nunca le pregunté su nombre porque jamás se me ocurrió que necesitaba saberlo. Si me llamaba por teléfono lo reconocía por el tono de su voz profunda. Si me iba a buscar al Trocadero lo encontraba gracias a mi olfato. Podía estar en un club lleno a reventar, completamente a oscuras, y rastreando su olor llegaba a él. Despedía un aroma de sustancia felina, hecha de algo felino. Su nombre no lo supe hasta aquella noche que lo tuve que llevar de mi cama al hospital.

No es sino hasta ahora que me doy cuenta de que cuando pienso en él como alguien no relacionado con su nombre, este se vuelve aún más irrelevante. La mayoría de la gente asocia un nombre con un rostro porque la persona nombrada siempre es inseparable de su nombre. Luego al rostro uno lo rodea en la memoria de cosas tangibles; calles de una cierta ciudad, la ropa que esa persona usa; algo sólido y verificable como el concreto de un muro o el metal viejo de un poste eléctrico; algo que sintetiza el sentido que tienen ese nombre y ese rostro eternamente juntos, indivisibles, inseparables.

Pero yo a él no podría recordarlo con un nombre que en principio nunca fue necesario. Lo recuerdo con sensaciones físicas, no con letras. Lo recuerdo y uno la idea de su cara a la sensación de sus dedos penetrando cada orificio de mi cuerpo abierto. Su nombre no me hace recordar su cuerpo, no lo llama, no invoca su presencia aquí a mi lado. Es como un saco o un sombrero prestados, como un objeto ajeno que nunca le perteneció. Su nombre no tiene sentido, como no tiene sentido que él ahora no esté aquí conmigo sino en la cama fría de un hospital de la ciudad de San Francisco, centro de sus obsesiones, isla de mi placer inmediato.

Recuerdo cada detalle de la última vez que estuvimos juntos porque sería imposible olvidar lo que pasó. Pero todo viene a mi memoria como si no me hubiese sucedido a mí. Es como si alguien me lo hubiese contado, como si lo hubiese visto en alguna película o leído en un libro. También recuerdo con claridad lo que pasó después de haberlo llevado a la sala de emergencias del hospital. Volví a mi departamento en la madrugada y al abrir la puerta dos olores me asaltaron. El primero era el olor de su cuerpo, que decidió quedarse para recordarme algo que no debía olvidar con el paso del tiempo. El olor penetrante me hizo desear tenerlo una vez más dentro de mí, a mis espaldas, mordiéndome la nuca y exprimiéndome los pechos mientras me decía todas esas cosas que solamente él supo decirme. El segundo olor era el del humo proveniente de la habitación donde solamente unas horas antes sentí que lo que estaba sucediendo allí iba a determinar para siempre algo definitivo en mi vida y ese algo rodó repentinamente por el piso junto con su cuerpo, roto para siempre, víctima de la envidia de la muerte que nos rondaba celosa. Cuando entré en la habitación descubrí que una de las velas que quedaron encendidas cuando salí de prisa rumbo al hospital arrastrando su cuerpo inerte se había caído hacía apenas unos minutos, porque el fuego que comenzaba a quemar un libro era reciente. Todo cobraba sentido: el libro cuyas páginas ardían era el de poemas de Neruda que una noche me regaló espontáneamente porque mis ojos lo descubrieron en el piso de su coche.

–Pablo Neruda. Alguna vez leí unos poemas suyos que me gustaron, pero eso fue hace mucho tiempo, cuando me gustaba la poesía.

–¿Este libro, lo conoces?

–No. Te digo que abandoné la poesía, como muchas otras cosas.

–¿Qué cosas?

–No sé. La idea del amor, de la felicidad.

–Hoy estás revelando más cosas que nunca. Dos oraciones, tres confesiones.

–No me di cuenta, disculpa.

–Pst. *No problem.* Abre el libro en la página 116.

–¿«Tango del viudo»?

–«Ah maligna, ya habrás hallado la carta, ya habrás llorado de furia, y habrás insultado el recuerdo de mi madre llamándola perra podrida y madre de perros...».

–*Deep...*

–*No fucking kidding.* Y además fue cierto. En sus memorias Neruda escribió que cuando era diplomático en Burma o en Borneo, no recuerdo bien, alguna isla, se enamoró de una nativa del lugar, una criolla que se llamaba Jossie Bliss. La mujer era bella, pero peligrosa como perra en celo, extremadamente posesiva y celosa. Un día Neruda cayó en cama con unas fiebres muy altas y estuvo delirante durante varios días. Jossie lo cuidó, pero a su manera. Cuando la fiebre cedía un poco él recobraba la conciencia por unos segundos y gracias a esos momentos Neruda se dio cuenta que la mujer realizaba unos ritos extraños. Él fingía estar inconsciente para que Jossie no se diera cuenta de que la observaba bailando desnuda alrededor de la cama blandiendo un cuchillo cuyo brillo impresionó a Neruda, no sé si porque en él se reflejaba la luz de la luna llena o el fuego enfermo de los ojos de la mujer.

Ahora el libro se quemaba. Nuestro elemento entonces había sido el fuego, porque esa noche el mismo fuego que iluminó la más oscura de todas nuestras noches quiso destruir al libro y al poema. Imaginé entonces a Jossie Bliss, joven y oscura, desnuda y elástica en su ceremonia de amor y muerte. Imaginé el brillo de sus ojos mientras yo apagaba el fuego que no alcanzó a destruir el libro. Jossie, eternamente loca y primitiva, mágica y felina como deben ser las mujeres de los poetas. Su cabello debe haber sido largo como el tiempo que ha transcurrido entre su historia y la mía, entre su baile ritual y el mío, entre la danza en torno a la cama de su poeta enfermo y mi soledad junto a esta cama donde el mío se rompió como si un cuchillo le hubiese entrado por la nuca. Cuchillo iluminado por la luz moribunda de la luna simultánea del trópico en una isla lejana y la de San Francisco, donde todas las noches la muerte se viste de puta y sale a las calles. Me acompañas, Jossie en esta soledad porque el poema atrajo al fuego y trajo el baile de nuestras piernas desnudas alrededor de las camas donde los hombres nos entregan sus vidas.

Pero los fragmentos necesitaban ser ordenados. El poema, el fuego, el silencio que una vez que apagué las llamas diminutas se hizo presente en mi cuarto. Su saco negro estaba todavía colgado en el respaldo de una silla junto a la entrada de mi habitación. Lo tomé cuidadosamente y lo acerqué a mi cara para respirar su olor a lana y el olor a lavanda mezclado con el de su piel. Lavanda que no venía de un perfume sino de un jabón que era siempre el mismo. Lavanda que él usaba para disimular su olor de bestia en celo. El olor de su piel en celo.

A veces usaba este saco, pero debe haber tenido al menos media docena de sacos negros. Toqué la tela de las solapas. Olía a su cuerpo limpio. No sé por qué, pero mi primer impulso fue echarme sobre la cama deshecha, abrazada a la prenda para buscar entre las sábanas aquellos que serían los últimos rastros de su olor. Esta conciencia me dolió: sería la última vez que nuestros olores estarían unidos entre los pliegues de esas sábanas de satín color borgoña. Lo deseé entonces una vez más. Sabía que la muerte celosa vino hasta mi cama para quitármelo, tal vez porque lo que hacíamos era una transgresión imperdonable. La cercanía de la muerte definió los últimos segundos en que nuestros cuerpos estuvieron unidos. Quise volver a sentir lo que sentí horas atrás en el momento del primer espasmo con que su cuerpo se contrajo y su sexo creció y me llenó como nunca nadie me llenó. Su verga tocó rincones que no sabía que existían dentro de mí. Reviví la memoria específica de su abrazo que se volvió brutal y casi me rompió los huesos en el momento preciso en que su cuerpo se estremeció con un espasmo y sus mandíbulas se trabaron. Por un instante me sentí completamente vulnerable, gozaba pero tuve miedo.

La muerte había comenzado a entrar por cada poro de su cuerpo. Se extendía como la niebla se extiende en las colinas de San Francisco y al extenderse me penetraba y me lamía, me llenaba, me invadía con su presencia oscura pero placentera como ningún otro placer que yo hubiese experimentado en mi vida. A través de él, esa noche me cogió la muerte. Él y la muerte me hicieron suya para siempre. Eso fue demasiado. Nadie puede jugar con la muerte impunemente. En mi soledad de viuda necesité una vez más su sexo y su boca, necesité sus dedos y sus uñas enterradas en mi espalda. Me desnudé y busqué en la piel de mis brazos el olor de su piel, el olor a lavanda y pantera de la muerte. Busqué en mi vello púbico y en mis labios vaginales el perfume de la muerte mezclado con lo que restaba de su semen. Descubrí al quitarme el brasier y tocarme los pezones la marca de sus dientes en mis pechos, la marca de sus uñas en mis hombros. Tocándome el clítoris reconocí la sensación de ardor placentero en mis labios vaginales, producto de las horas de penetración en esa noche en la que algo iba a suceder, algo se anunciaba y no llegó a cumplirse porque mi madre la muerte llegó eficaz y puntual a impedirlo, a boicotearlo todo, a prevenir que las palabras y los sentimientos ocuparan el lugar del castigo mutuo entre los cuerpos, el lugar de la piel lacerada, el lugar de esa región donde solamente el placer y el dolor tienen cabida, no el amor.

Algo comenzó a dolerme entonces, y al dolor se unió un sentimiento de rabia y de impotencia. Me vino a la cabeza la idea de que tal vez jamás volvería a tener otro *ménage à trois* con un hombre y con la muerte. En vano querer sustituirlo con mis dedos. En vano el aroma de su cuerpo impregnando mis sábanas y que al cabo de un tiempo sería sustituido por el de otra piel. En vano la certeza de que otros y otras vendrían con sus miradas y sus labios sobre mi piel y mis tatuajes que no sabrían leer.

Tatuajes donde las preguntas y los signos se ocultan ahora en el interior de mi laberinto indescifrable, escribió Ángela Cain.

6

No hay pasión más profunda que la del converso. Su después es el verdadero principio. Su antes, una ceguera, una caverna de la que ha salido para dirigirse con paso firme hacia el nuevo sol. Pero el suyo es un sol negro. Un astro que esparce oscuridad, estrella negra que revela lo que la luz del día esconde. Estrella subterránea que alumbra los túneles de la inconciencia y excita los instintos oscuros del cuerpo hasta que la erupción de su veneno tumultuoso ahoga al converso en su propia sangre negra.

Después de haber bebido la poción maligna no hay brebaje que satisfaga esa sed recién descubierta. Porque el cuerpo es esclavo de sus apetitos, este conocimiento nuevo toma posesión total de cuerpo y alma. El cuerpo se despierta como de un sueño profundo a una verdad dolorosa, la de su hambre infinita y su sed sin límites.

Solamente aquel que ha entendido esa lección, aquel que ha aprendido a apreciar el sabor complejo de esa sangre negra puede entender al vampiro y su terrible nostalgia, su melancolía atroz, su deseo incontrolable de romper el tallo fresco de una arteria para beber el líquido escarlata de la vida. La sed del vampiro no es el producto caprichoso de un deseo, es una orden del cuerpo que si no es escuchada produce el cese de todos los impulsos: la muerte del espíritu, esa otra muerte. El vampiro es el converso mayor. Es quien descubrió ese otro sabor, esa otra esencia, ese otro perfume de la carne. Es quien ya no puede vivir sin el alimento que hace posible que su sueño no sea interrumpido por sus sueños. De todas las criaturas de la Tierra, el vampiro es el único que ha vencido a la muerte porque logró convertir su existencia en la expresión más poética y virtuosa de la contradicción entre deseo y nostalgia.

7

En esta fotografía estoy desnuda. Pocas cosas son tan íntimas y a la vez tan públicas como un desnudo fotográfico. La pose podría ser la de una modelo de Man Ray o Irving Penn. Pero en esta foto yo no estaba posando para nadie. La foto me la sacaron desde afuera de mi departamento con un lente de largo alcance y me fue enviada por correo. Cuando abrí el sobre me quedé boquiabierta. Ubiqué el lugar exacto en mi habitación donde yo estaba cuando la foto fue tomada. Mi primera reacción al ver la foto fue abrir las cortinas para tratar de identificar cuál de las ventanas del edificio de enfrente usó el fotógrafo para espiarme. Pero era de noche y todas las luces del edificio estaban apagadas. Cerré las cortinas. Primero la transparente y después la gruesa de pana verde musgo que impide que el sol me despierte en las mañanas.

Me senté a examinar la foto. En ella estoy de espaldas, sentada en el taburete frente al espejo, que en esa ocasión estaba descubierto. Los espejos siempre me hicieron sentir incómoda. Una noche leí un cuento de Borges donde los declaraba aborrecibles debido a su dudosa virtud de multiplicar la realidad. Borges me confirmó una intuición vieja y a los pocos días me puse a coser una cortina para cubrir el espejo y no tenerlo vigilándome a todas horas. Todos los días lo descubría por unos diez o quince minutos mientras me maquillaba; en esos momentos establecía una tregua sicológica que duraba exactamente el tiempo que me tomaba arreglarme. Traté de recordar con exactitud el día en que me senté desnuda frente al espejo. La memoria específica de esa noche me sacudió. Fue la última noche que estuvimos juntos. La misma noche en la que rompimos todos los acuerdos tácitos –la noche en que él sufrió la embolia. Me horrorizó que alguien tuviese un testimonio de aquel día. Sentí algo cercano al pánico cuando de pronto se me ocurrió que la misma persona nos pudiese haber fotografiado durante aquella sesión carnal que trascendió al sexo mismo, porque esa noche llegamos a extremos completamente desconocidos para mí.

La prueba de que alguien me había espiado en mi propio apartamento me enfureció casi tanto como la incertidumbre de mis propios recuerdos. Traté de recordar cada una de mis acciones, cada uno de mis movimientos durante la hora que precedió su llegada, para recuperar así la memoria visual, la imagen del gesto de mis manos en el momento justo en que cerraban las cortinas. Pero no pude. Aquella noche él llamó diciendo que quería venir. Con cierta reticencia, como si le molestase dar una explicación que yo no pedí pero él ya comenzaba a enunciar, mencionó un presentimiento, una premonición, algo por el estilo. Le pregunté si quería salir a algún lado o si prefería quedarse en mi departamento. Respondió que lo segundo y antes de colgar me pidió un favor. Ponte la misma ropa que tenías puesta la noche en que te conocí. Colgué el teléfono y me duché rápidamente. Le pedí que no llegara antes de las nueve y eran casi las ocho. Recuerdo que me lavé el cabello y que al salir del baño me senté desnuda frente al espejo cubierto. Las cortinas de las ventanas estaban sin correr, como la foto lo demuestra. A partir de ese instante ya no estoy segura de lo que pasó por un espacio de tiempo que debe haber durado diez o quince minutos.

Examiné el sobre y me alivió confirmar que el fotógrafo no conocía mi nombre verdadero ni mi apellido. Había escrito con una letra neutra uno de mis nombres falsos, Renée Keller. No pude deducir absolutamente nada a partir de esa letra fría, oficinesca.

Volví a la foto. El primer plano lo ocupaba mi espalda a pesar de que mi imagen no estaba en el centro de la foto. La calidad de la luz aquella noche, las pocas lámparas que estaban encendidas en mi habitación proyectaban una luz afortunada sobre mi cuerpo. En medio de mi indignación no pude evitar sentir cierta vanidad, cierto halago. Yo me había sentado de tal manera que mi cuerpo no estaba en posición frontal en dirección al espejo. Mis piernas apuntaban hacia el lado izquierdo del tocador, mi espalda estaba erguida como siempre, el perfil de mi pecho izquierdo mostraba el pezón parado por el frío de la noche naciente y sobre mi nalga derecha se distinguía con claridad el tatuaje del laberinto con el que he vivido desde que tengo quince años. Mi mano izquierda reposaba sobre el muslo izquierdo y la derecha sobre mi garganta, puesto que dos o tres dedos se alcanzaban a ver sobre el lado izquierdo de mi cuello. Mi cabello brillaba y sus puntas acariciaban la mitad de mi espalda. Sobre la seda china del taburete mis caderas anchas y la división oscura de mis nalgas. Mis ojos miraban hacia ninguna parte. Nadie sino yo sabía en ese momento qué es lo que habitaba ese ensueño. Nadie sino yo podía saber el contenido de ese silencio desnudo. Puse la fotografía sobre la mesa para poder estudiarla con más facilidad.

La llegada de la foto me hizo daño. Por una parte expuso una suerte de vulnerabilidad. Por la otra me trajo recuerdos que deseaba dejar atrás. Memorias concretas de eventos que creía sepultados. Pero no hay sepulcro seguro para algo que calcinó tanto. Algo que marcó con su hierro de carne y su filo helado lugares más profundos que la superficie del cuerpo. La noche del día que llegó la foto no dormí. Decidí esa misma noche que me tendría que ir de San Francisco y tratar de reencontrar mi propia ciudad, mi linaje y mi origen, y así poder escribir las primeras páginas de mi vida futura. Cuando recibí la foto, ya había pasado un mes desde que lo llevé al hospital y casi siete años desde que dejé Nueva Orleans. Decidí que la hora de partir había llegado.

8

El mismo minuto en que suspiró profundamente, encendió un cigarrillo, se sirvió más bourbon en el vaso y decidió que había terminado el manuscrito, Julián Cáceres pensó que si llegasen a encontrar su cuerpo flotando en las aguas de la bahía de San Francisco, los agentes de la guardia costera norteamericana suspirarían (como él ahora ante el cuerpo inerte de su libro) resignados ante el espectáculo deplorable de un suicida más entre los cincuenta y tantos que cada año deciden terminar sus vidas arrojándose desde el Golden Gate a las aguas heladas del océano Pacífico.

Consideró que el trabajo de los agentes tendría que ser terriblemente desagradable cuando debían ocuparse de los cadáveres flotantes. El golpe contra la superficie durísima del agua destroza el rostro del suicida. La velocidad con que el cuerpo cae se incrementa a medida que pasan los pocos pero largos segundos que dura el vuelo de vuelta hacia ese primer, lejano origen acuático. El resultado del choque contra el agua es semejante al del choque producido por la caída de un cuerpo sobre el asfalto de una banqueta, en el caso de aquel miserable que decide terminar con su podredumbre espiritual arrojándose desde un rascacielos. Pero la muerte voluntaria desde un puente como el Golden Gate, objeto de bellas y malas canciones e innumerables tarjetas postales, es, no obstante lo que en ella pueda haber de brutal, una muerte más limpia, más sensible. Esa muerte es incluso más poética si se le compara con el regadero de sangre y sesos que deja quien se arroja (la corbata como una horca flotante) desde un edificio de oficinas hacia la banqueta de una calle cualquiera. Cuando alguien salta hacia su muerte desde ese puente, su cuerpo de suicida-poeta es lavado por el mar, purificado por la sal, conservado por el agua fría que le da un color violáceo a la piel si es que acaso el cuerpo permanece a la deriva en el agua frígida.

La elección del lugar desde donde se realiza el salto hacia la muerte dice mucho sobre la naturaleza del suicida. El salto desde el Golden Gate revela una naturaleza más delicada que la del suicida que decide arrojarse a las cinco de la tarde a las vías del tren subterráneo, ante el horror de los testigos involuntarios y la frustración de aquellos que no pueden volver a su casa porque los empleados municipales tienen que lavar la sangre de la estación y dejarla limpia y brillante antes de que circulen nuevamente los trenes. Este tipo de suicida revela una naturaleza egoísta y desconsiderada, por no hablar del mal gusto que evidencia el hecho de que carne, hueso y sangre quedan expuestos de la manera más grotesca y pornográfica ante una masa de espectadores anónima e indignada. Solamente una muerte privada es digna.

Quien salta desde el Golden Gate, esa maravillosa puerta de acero americano rojizo que es la entrada al mundo occidental para los barcos que vienen del lejano Oriente, lo hace teniendo frente a sí la nada despreciable posibilidad de llevarse consigo como patrimonio final de la memoria en ese viaje incierto la imagen de la ciudad más seductora y misteriosa de la costa occidental del continente americano. Parado en el puente, como quien se para en el balcón o en el escenario más bello del mundo a ofrecer un espectáculo sublime, el suicida rodea su último acto de voluntad individual con un aura de romanticismo innegable.

Los suicidas siempre eligen el lado oriental del puente, el que mira hacia la ciudad. Esto demuestra que el suicida no busca simplemente una altura cualquiera desde donde lanzarse. No, en la región hay al menos otros cuatro puentes gigantescos que podrían servir para el mismo propósito que el Golden Gate. Pero, ¿quién desearía lanzarse desde el puente de Vallejo?, donde la única vista disponible es la de una refinería y los gigantescos tanques petroleros de la compañía Chevron. ¿O desde el Oakland Bay Bridge, donde no hay banquetas y la única manera de hacerlo es detener abruptamente el auto y salir corriendo hacia el barandal para brincarlo antes de que algún buen samaritano imbécil intente impedir la consumación del acto mortal? No. Solamente el puente cuyo color rojizo, y no dorado como engañosamente lo indica su nombre, ofrece la posibilidad de meditar profundamente fumando un cigarrillo, de reflexionar y considerar incluso la posibilidad de no saltar, de arrepentirse y continuar con la humillación que es la vida para esos seres que la sufren de manera extraordinaria.

El candidato a suicida, el que ya no tiene nada que perder en esta historia, decide que saltará desde el puente (consciente tal vez de que tomar una decisión no significa llevarla a cabo). Cuando se acerca la hora señalada en su calendario como la definitiva (¿la medianoche?) se levanta del sillón donde ha estado sentado (¿fumando?) las últimas horas. Cierra las cortinas del departamento. Se cerciora de que la cafetera esté apagada, de que cada cosa ocupe su lugar. Revisa los documentos que ha ordenado sobre la superficie de su escritorio y los pone encima de un sobre grueso de manila. Se dirige a la cocina y confirma que los gatos tienen comida y agua suficiente para al menos tres días, puesto que ha calculado la posibilidad de que su cuerpo no sea descubierto de inmediato. Luego se dirige a su recámara y se pone uno de sus sacos negros, no el más nuevo, el de cachemira, sino el más cómodo, el de lana. Sus zapatos están recién lustrados. Su camisa ha sido impecablemente almidonada y planchada en la tintorería. Toda su ropa, incluso su ropa interior, es negra. Se ha vestido de luto, como siempre, pero esta noche el luto se justifica más que nunca puesto que el negro impedirá que se le descubra con facilidad en el puente. Esa es una ventaja que él no consideró sino hasta ahora. No sin cierta angustia toma las llaves de su auto, busca su gabardina y sus guantes de piel en uno de los clósets y respira hondo. Su pulso se acelera; no puede evitar sentir algo que identifica como un inminente ataque de ansiedad (¿o pánico?). Deja la gabardina sobre un sillón, y apoyando ambas manos en el respaldo del mismo comienza a hacer una especie de ejercicio respiratorio para tratar de calmarse. No logra hacerlo por completo. Su frente se ha perlado de sudor, su semblante ha palidecido considerablemente. Nunca pensó que sería fácil. Hasta ese momento todo lo hizo con una frialdad asombrosa hasta para él. Dispuso de sus asuntos con eficacia y extremo cuidado para no crearle complicaciones innecesarias a nadie. Ahora tiene que partir y casi se siente desfallecer. Respira una vez más con profundidad y, sin voltear a ver a sus gatos que lo miran interrogantes desde un sillón cercano, toma la gabardina y sale apresuradamente llevándose consigo el sobre de manila que ya había dejado junto a la puerta.

La ciudad está casi desierta. Son unos minutos después de las once de la noche. Conduce por la calle Guerrero rumbo a la avenida Market. Entra a Market y luego dobla a la izquierda para entrar a Franklin, donde da vuelta a la derecha en Fell para tomar la avenida Van Ness. Sus manos se aferran al volante con tanta fuerza que pareciera que en cualquier momento sus nudillos se abrirán dejando al descubierto el hueso pálido y la carne en flor. El auto sube la empinada colina de Van Ness y baja hasta llegar al distrito de la Marina. Allí dará vuelta a la derecha en Fillmore para luego entrar a Bay. En escasos seis minutos emprenderá el ascenso al puente. Los primeros cinco minutos los emplea haciendo un recuento mental de las cosas que ha dejado atrás. Su estado de ánimo le dice que no hay nada que le ate a su pasado. El minuto seis lo pasa en blanco.

Maneja ahora cerca del Exploratorium. En un minuto llegará al puente. Yendo de sur a norte no tiene que pagar los tres dólares de cuota. Por eso no lleva consigo nada de dinero. Todo lo ha pensado con lujo de detalle. Lleva únicamente su billetera con la licencia de conducir para propósitos de identificación póstuma. La dejará bajo el asiento junto a sus llaves para que los detectives que serán asignados para investigar su muerte la encuentren y puedan llegar así a su casa, a sus gatos y a las cartas donde él ha indicado a quién se tiene que contactar para encargarse de todos esos asuntos. En el sobre de manila encontrarán el manuscrito de un libro y una especie de testamento donde ha dejado instrucciones sobre qué hacer con sus cuentas de banco, sus pertenencias, cuadros, libros, sus escritos, sus gatos, sus múltiples etcéteras civiles. Dentro de ese sobre hay también tres cartas para tres mujeres a quienes él debe al menos una explicación. En ese momento aparece frente a él la entrada al Golden Gate. En ese momento confirma que todo, absolutamente todo en esa noche, su presente hecho de pasado, su pasado hecho de ruina, y su futuro inmediato, todo ha sido invadido por la muerte.

9

El olor embriagante de la fruta madura cuya piel frágil cede a la mínima presión de los dedos. El aroma de ciertos vinos del sur, porque solamente esos vinos tienen la virtud rara de contener la esencia de la tierra que los pare, el gusto de las raíces amargas y las especies insomnes que habitan la Tierra. El perfume violento de las violetas. Ese vapor que asciende hasta las fosas nasales y penetra cada centímetro lúbrico del cuerpo. Ese oro escondido, archivado para siempre en la memoria del olfato. Memoria que surge sin previo aviso en un momento siempre inesperado como surge del fondo del mar el cuerpo de un ahogado o del fondo del tiempo una culpa. Ese olfato agudo que percibe todo es un privilegio, así como un castigo para quien lo posee; es parte del precio que paga quien se atrevió a desenterrar las sustancias profundas de otro cuerpo; el secreto que guarda lo aparente; aquello que esconde la superficie con el celo más enfermo.

Esta es la premisa: el amante paga en sentido directamente proporcional por todo aquello que se atrevió a revelar. Si el placer fue su primer y último propósito, si construyó su identidad disolviendo la totalidad de su ser en la otra o el otro, si construyó palmo a palmo la idea misma de su cuerpo en otra piel, con pedazos y fragmentos de otros labios, otras palabras, otros deseos, entonces el amante pagará un precio tan alto como profundo haya sido su descubrimiento. No es una cuestión de justicia elemental, ojo por ojo, beso por beso. Es una cuestión de autodestrucción del universo emocional, de entropía erótica y sexual.

La noche y el sueño. La estatua y la caricia. La sangre y la tinta. La rosa y el flagelo. El olfato y la escritura. La caricia amorosa de la muerte. El beso de la boca en la otra boca, la secreta, la agridulce, la eterna boca. Terciopelo de violeta al tacto de la boca o terciopelo violento al tacto de la memoria.

En el centro del cuarto en penumbras brilla como el ojo de un cíclope, el ojo de un ombligo. Cercano a los ojos, próximo a la frente de quien huele la flor y la abre con la delicadeza con la que se abren las frutas más carnosas del trópico. Violeta abierta como grieta. Violeta negra, húmeda, alerta. Violeta de carne cuya esencia paraliza la otra carne y la asfixia. Intoxicación producida por el flujo y la esencia que emanan simultáneos de la violeta oscura. Sólo donde hay embriaguez puede haber poesía. Sólo donde se unen la violencia y la poesía puede haber revelación, epifanía.

La flor es venenosa. Su perfume nocivo arrebata la cordura para siempre a quien la huele, a quien la prueba. La violeta es joven, fragante, ha sido bañada recientemente por la lluvia y huele a lo que uno se imagina desde la ciudad debe ser el olor de la selva. Si hay en ella un veneno, debe ser un veneno limpio el que transpira, el que despide, el que debe beberse con paciencia para no herir sus pétalos sensibles.

Tiemblan los bordes de esos pétalos salados, sedosos. En ellos hay un movimiento celular que es como el movimiento de los párpados de alguien que soñase laberintos de azogue al amanecer.

El aliento los toca con dedos invisibles de vaho incierto. El aliento los toca como las manos de un ciego tocarían el rostro de una criatura que acaba de morir. El aliento que fluye como brisa caliente en un viñedo que acaricia la piel frágil y sensible de las uvas. Aliento empapado en sangre de uvas duras y bermejas, carnosas como la misma idea de las violetas frescas. Nada más el aliento como un poema escrito para alguien que nunca amará al poeta sino a la poesía.

El olor de la flor es la evidencia más terrena de su secreto. El olor es su poema. Buscando el secreto de esa flor negra, uno se adentra en territorios adversos a pesar de la orden del sentido común. Contra toda prudencia y consejo uno corre las cortinas prohibidas de terciopelo violeta. Atrás de ellas espera la corola palpitante, lista para ofrecer su brebaje destilado entre columnas de piel suave en largas noches de luna en donde ha vertido sobre gasas blancas otro vino, también hecho de sangre densa, espesa y contraria al aliento que la besa. Terciopelo violento, beso de la boca negra. Terciopelo violento, texto y textura de los corredores del laberinto.

10

Al cabo de algunas semanas, de dos o tres viajes infructuosos a la calle Fillmore, donde vivía la Condesa, y un recorrido por la entraña retorcida de algunos clubes oscuros de la ciudad, donde se maravilló ante ese despliegue de sensualidad perversa que jamás vio en San Francisco, Marianne tuvo que llegar a la conclusión de que la amante de fuego de Julián Cáceres había desaparecido.

Pocas personas pueden aferrarse para siempre a una idea y Marianne no fue la excepción. Las cartas de Julián que ella y Constancia recibieron parecían sinceras, pero en el fondo eran ambiguas, coincidieron. Un día Marianne concluyó que de aquella relación le quedaban pocas cosas y que todas cabían en un sobre grande de manila: un manuscrito, una fotografía, unas pocas cartas. De todos los mensajes electrónicos que Julián le envió en aquellos dos meses que siguieron a su apasionado encuentro en Manhattan tampoco quedaba nada. Además, la memoria de su vieja computadora necesitaba espacio y tuvo que borrarlos, no sin percibir la ironía de que la limitada memoria de la Macintosh decidió que las palabras de Julián también tendrían que desaparecer de la suya. Marianne supo entonces, como tarde o temprano todos llegamos a saberlo, que los días seguirían su curso, que las heridas del corazón eventualmente sanan y que dentro de algunos años el sobre manoseado no sería más que otro objeto arrumbado en el sótano de su piso de Londres. Sus días de San Francisco, sus días de México con Constancia, aquellos otros buscando a la elusiva Condesa en San Francisco quedaron atrás. A veces recibía alguna carta de Constancia. En la última, la mexicana le contaba que se había enamorado de alguien y que sus propios recuerdos de Julián comenzaban a desvanecerse. Sería cosa de tiempo antes de que Julián Cáceres desapareciera para siempre de su vida cotidiana y pasara a formar parte de su colección de sombras, escribió Constancia. Marianne tuvo entonces que aceptar que el misterio de la desaparición de Julián Cáceres y el de la identidad de la Condesa le pertenecían a nadie.

Después de lo ocurrido, vivir en San Francisco ya no tenía caso y Marianne volvió a Londres. A un escaso mes de su retorno a Inglaterra, conoció a un arquitecto español que representó la posibilidad de dejar atrás para siempre su breve obsesión por el destino incierto de Julián. Se mudó a Barcelona con él y después a Italia. Al cabo de un año el hijo que por unos instantes quiso que fuese de Julián fue concebido por otro hombre al que amó entonces como nunca amó a aquel mexicano reticente. La presencia de esa vida dentro de su cuerpo anuló para siempre la presencia constante de la muerte de la que, sin siquiera sospecharlo, se rodeó en sus días de San Francisco. No lo pensó así pero Marianne había sido salvada.

Manejando por la avenida Altavista de la Ciudad de México, Constancia se descubrió un día cantando por primera vez en mucho tiempo. Tenía una cita con un hombre con quien decidió compartir su vida apenas unos días atrás. Había quemado el manuscrito de Julián tres días antes porque solamente destruyéndolo, se dijo, podría liberarse de su fantasma. Lo leyó tres veces con una mezcla de nostalgia y amargura, pero ya no tenía ninguna razón para conservarlo entre sus pertenencias. La carta de Julián la decepcionó porque le pareció melodramática, cursi, llena de lugares comunes y frases hechas. No le perdonó que hubiese invertido tanto esfuerzo en hablar de ella como lo hizo en el manuscrito y que cuando tuvo que escribirle lo hubiese hecho de una manera tan mediocre.

Cuando Marianne le escribió para contarle de su amor español se alegró por ella, pero también por sí misma, porque eso evidenciaba la continuidad de la vida. Las de ellas se tocaron por pura coincidencia y aunque posiblemente no se volvieran a ver jamás, ambas sabían que para siempre quedarían ligadas como amigas, o hermanas de aquella circunstancia. Y para ello ni siquiera necesitaban al fantasma de Julián Cáceres.

Sabine nunca llegó a saber que aquellas dos mujeres se vincularon emocionalmente de esa manera. Como ellas, recibió la carta final de Julián diez días después de que este abandonara su auto en el estacionamiento del Golden Gate para entrar con paso decidido al puente, y durante semanas se resistió a abrir el sobre. Lo guardó en un rincón de su clóset y trató de ignorarlo. Intuía que se trataba de un testamento amoroso y algo le impedía enfrentar esa lectura. Una tarde, mientras preparaba una valija para irse de vacaciones a Punta del Este, el sobre apareció y con él la imagen distante y borrosa del rostro de Julián en su memoria. Lo guardó en su bolso y decidió leerlo en el Buquebús rumbo al Uruguay. Horas después escuchaba un compacto de Sui Generis en su *discman* y a través de la ventana del ferry la visión de las nubes que flotaban sobre la ciudad de Buenos Aires no le recordó la niebla de San Francisco. En la carta, Julián escribió que su deseo de echar raíces surgió de su relación con ella. Pero Sabine no quiso creerle. Desconfiaba de las palabras de aquel hombre confundido. Lo único que recibió de él fueron palabras. Rompió la carta y salió de la cabina a tirar a las aguas del Río de la Plata los pedazos de papel porque las palabras no eran suficientes ahora, como no lo fueron nunca. Sabine no supo que el mismo día que ella viajaba rumbo a las playas del Uruguay a reunirse con sus amigas, Constancia manejaba en la Ciudad de México canturreando una canción desconocida para Julián, y que Marianne confirmaba su embarazo en Italia. Julián murió en ese instante de manera simultánea en el corazón de esos tres puntos cardinales.

Julián Cáceres, apátrida, propietario de un imperio de sombra absurdo, escritor malogrado, traidor, enfermo de enfermedad de fin de siglo y cazador fallido de tatuajes desapareció al fin de la faz de la Tierra, porque solamente el pensamiento y la memoria de los testigos pueden mantener a un ser humano vivo.

11

Mientras miraba la libreta enflaquecida, Ángela Cain especuló que cuando se acabasen las hojas terminaría también el hechizo que aquel hombre ejercía sobre ella. Mi escritura lo va a exorcizar para siempre, se dijo. Mis palabras ahuyentarán al fantasma de sus uñas y sus dientes. La tinta de mi bolígrafo trazará sobre estas páginas la partitura de su desaparición. En el mismo instante en que escriba la última hoja y la tire a la basura seré libre para poder inventarme de nuevo y cumplir el ciclo de mi metamorfosis, escribió y continuó escribiendo:

Tal vez no soy la primera que se sienta a escribir estas líneas. Pero yo lo hago en el borde de una cicatriz que se niega a cerrar. Al borde de un precipicio en cuyo fondo yace el origen de todas mis preguntas, la pregunta fundamental de mi linaje, que es oscuro pero brilla como una gota de sangre que escurriese indecisa de la comisura de una boca. Mi linaje ha escrito su historia fragmentada con sangre menstrual, con sangre de hijos abortados, con sangre de mujeres suicidas, de abuelas antiguas que acabaron con sus propias vidas en la rutina de la infelicidad. ¿Me van a negar el derecho de decir esto? No lo creo. Es un derecho que no le pido a nadie, que no negocio, como no negocio con nadie mis ansiedades, mis deseos, mi poca culpa.

Escribo porque para mí la escritura es como el sexo. Es un asunto del cuerpo y de la sangre. No creo en la literatura y por eso no escribo para nadie. Escribo para mí, de la misma manera que cojo con quien quiero cuando quiero para satisfacer mis deseos y no los de nadie más. Escribo una historia de sangre convertida en tinta. Nada más. Si estas páginas llegasen a ser rescatadas de su destino de basura, entonces quiero esto: que sean leídas como uno se bebe un vaso de sangre.

La sangre, la carne y el deseo han llegado hasta mí como una herencia directa –a veces indeseada– de la historia. En cada cópula, la historia de los miedos y ansiedades de mi tribu. En cada beso, la suma involuntaria de los besos de mis antepasados. En cada posesión, el registro ineludible de la culpa y la vergüenza de mi cultura.

No te besaron mis labios, te besó el aprendizaje de mi deseo de verme libre de mi piel; libre de mi pasaporte y de esas casillas que dicen mujer blanca, soltera, veintitantos años, cabello castaño oscuro, ojos violeta, ninguna seña particular.

En la caricia de otras manos sobre mi cuerpo el recuento de caricias imposibles, prohibidas, proscritas. ¿Desde cuándo no soy libre? ¿Desde cuándo tengo que justificar o redimir cada acto que surge de la voluntad de mi piel politizada?

Sangre doble. Sangre con obligaciones y deberes impuestos. Sangre con color de piel, información genética precisa e ineludible. Y la otra sangre. La verdadera, la que me pertenece porque he insistido en su diseño. Con ella he decidido sumarme a ese linaje de escribas que no tuvieron tinta para anotar cada uno de sus pensamientos prohibidos. Mis abuelas escribieron con sangre porque el uso de la tinta les fue negado.

Duplicidad de la sangre que me recorre las venas. Una, la sangre de mi madre y de su madre y de su madre fluyendo lentamente hacia un pasado menstrual que es un origen, sumada a la sangre de mi padre, mitad semen, mitad impulso irracional. Sangre vertical, retroactiva, en busca de su raíz en el árbol genealógico sin lógica, apenas el instinto. La otra, la que he elegido para que me habite. Tinta de mi texto interior, de mi textura ósea y muscular, de mi textil tejido en carne, hueso, sinovia y cartílago por músculos y arterias. Tinta de mi cartografía interna, de mi orografía sensual, de mi sexualidad profunda, llena de signos y símbolos que yo he inventado para reescribir mi historia y configurar un código que tenga sentido. Idioma de sombras sobre el papel estéril de los días y el libro de la noche que me pertenece como solamente este cuerpo me pertenece. Mi cuerpo es mío porque mi lenguaje lo reclama.

Mi cuerpo me llega de mi historia. Me es entregado como un nombre. Pero no puedo aceptarlo así, como me ha llegado –por eso lo he tatuado y adornado con cicatrices. Las razones de lo que hago con él me pertenecen. No voy a ser víctima de la historia de mi cuerpo, de esa historia de mujer, silencio tras silencio, siglo tras siglo.

Escribo también para acabar con un amor. Pero estas páginas no son para él, están condenadas a la basura. Esta es una historia fragmentada cuyo destino es la basura. No la escribo como mujer porque no hay género en la escritura. La escritura no es masculina, ni es femenina. Hay, sin embargo, escritura que no es escritura. Hay inscripción de signos gratuitos sobre la página. Hay repetición de ideas muertas. Hay discursos obsoletos que se repiten *ad infinitum* con su arbitrariedad monótona. El discurso de la democracia, el discurso del patriotismo, el discurso amoroso convencional, el discurso del sentido común y el cliché, el discurso político, el discurso del entretenimiento. Estos discursos no son escritura, son apenas literatura.

Donde no hay conciencia del acto poético no hay escritura. Donde no hay conciencia de la vida y la muerte como una contradicción que va más allá de la literatura no puede haber poesía. La escritura nace cada día que muere un cierto tipo de discurso. Si no hay sangre atrás de la tinta no hay escritura. Si el texto no respira paradojas, si no se niega a sí mismo, si no explota, si no hay pulso en sus venas, no hay escritura, no hay revelación, no hay epifanía, no hay revelación.

Estas páginas han sido escritas con sangre porque mi tinta contradictoria de mujer es sangre. El personaje de la historia es quien le da vida al autor, quien lo escribe, y no al contrario. El autor es una invención de sus personajes. El monstruo es quien inventa con trozos de muerte al doctor Frankenstein. El autor es el monstruo porque le dio vida a sus deseos, escribió Ángela Cain en su libreta forrada de terciopelo negro.

12

El auto sube la pendiente del puente.

Los pocos coches que pasan a esa hora van ocupados por gente que vive en los condados afluentes del norte de la región. Vehículos caros, parejas que vienen de cenar en los restaurantes de moda de San Francisco. Un brazo de niebla densa comienza a entrar en la bahía. Una niebla que es como una respiración intrusa. El ruido del motor y las ruedas aumenta gracias al efecto acústico producido por el cambio de asfalto del puente y las barreras de contención que protegen a los peatones. Las luces brillan tímidas como aves posadas sobre los cables gruesos que han sostenido por sesenta y tres años las pesadas planchas de acero y concreto.

Julián Cáceres llega al extremo norte del puente y pone su direccional para indicar que entrará al mirador. Atrás de él viene una patrulla de caminos y él se sonríe al pensar que hasta en ese momento definitivo obedece sin reparo las leyes de tránsito. En su vida pública siempre ha sido lo que vulgarmente se conoce como un buen ciudadano. Con alivio comprueba que el estacionamiento está prácticamente vacío, salvo por las escasas parejas de enamorados que se besan tras los cristales empañados. «Estápidos», escupe en voz alta, casi sin darse cuenta. Se estaciona frente al tronco gigantesco de una secuoya que está en exhibición permanente en la plaza del mirador. Cierra el auto y se dirige al baño. Después de orinar se echa agua en la cara para tratar de calmarse. No se siente bien. Se mira en el espejo y, a diferencia de otras veces, ya no ve en el reflejo la imagen de un felino sino simplemente la de un hombre roto, como tantos otros. Se pasa los dedos de las manos por la cabeza para arreglarse el pelo, se seca la cara y las manos con una toalla de papel y sale.

Antes de entrar nuevamente al auto se acerca a la pared medianera del mirador. Enciende un cigarrillo pensando en las órdenes del médico que después de la embolia le advirtió que de volver a fumar él ya no se haría responsable de su vida. Imbécil, se dice, quién le dijo a aquel idiota que tenía cualquier responsabilidad sobre mi vida. Le da una chupada honda al cigarrillo, le dedica una mirada intensa a la ciudad y vuelve al auto.

Una vez dentro de él, comprueba que todos los documentos que ha traído consigo estén en orden. La nota que lo explica todo de manera somera. Pone las llaves debajo del asiento, así como su billetera con la licencia de conducir y el sobre de papel manila que contiene algunos de sus documentos personales, las tarjetas de crédito, los papeles que le han dado existencia civil.

Sin pensarlo más, Julián Cáceres suspira, sale del auto y lo cierra poniendo el seguro de la puerta. Con paso decidido se dirige hacia el puente y avanza hasta entrar en él. Su silueta oscura se pierde entre la niebla que entra por la puerta dorada a la bahía de la ciudad más cruel del lado izquierdo del mundo.

III

1

Si San Francisco es la frontera cultural más occidental con el lejano Oriente, Nueva Orleans es la frontera espiritual con el Caribe y, más allá de este, la frontera de América con África.

En todos los años que vivió en San Francisco, Julián Cáceres siempre se sintió cautivado por la idea de esa ciudad como una representación palpable de líneas limítrofes. Fronteras internas y externas, fronteras de agua y de niebla. La configuración geográfica de la ciudad, con sus bordes hechos de agua y de montañas; de bosques y colinas que separan subculturas, maneras de ser, tipos específicos de población. Zonas de la región en donde vive exclusivamente cierta clase de personas. El condado de Marin, con su población blanca afluente; Richmond, con sus habitantes negros llegados del sur de Estados Unidos en busca de trabajo en los astilleros durante la Segunda Guerra Mundial; Berkeley con su cuota de judíos liberales neoyorquinos y lesbianas; Oakland, la hermana fea de San Francisco con la suma de gente más variada de la región: asiáticos, mexicanos, negros y blancos viviendo segregados en sus respectivos barrios con sus respectivas vidas. Y San Francisco, que es la expresión más poética de todas esas contradicciones.

Muchas ciudades dentro de una ciudad pequeña. Un espacio de fronteras sutiles y variadas: raciales, sexuales, de clase y sicológicas. Cada una de ellas una trinchera para resistir la cultura dominante de un país de identidad indecisa que siempre sintió una suerte de fascinación por la rebeldía de la ciudad californiana que quiso algo diferente; tal vez porque su mito de oro atrajo primero aventureros y prostitutas, y después ovejas negras, radicales, poetas, artistas e inmigrantes no solamente del resto del país sino de todo el mundo.

San Francisco, puerto de entrada para quien busca una salida. Capital mundial del escapismo. Frontera que se abrió para que Julián descubriese un mundo de sensualidad que su país jamás le habría revelado. Pero ahora hasta esa patria sustituta perdía sentido. Al decidir marcharse de San Francisco y desaparecer sin dejar rastro alguno, Julián desertaba del destierro mismo. Mejor el destierro total. Mejor el exilio permanente, la orfandad absoluta. Irse significaba afirmar que la vida tiene no nada más un antes y un después, sino varios. Un antes y un después nuevo hecho de momentos clave que cambiaron el curso de las emociones y los actos. Para Julián Cáceres el después de la Condesa fue importante porque le reveló el secreto oscuro de su propio cuerpo y el secreto de la lectura de los signos en la piel. Descubrió dentro de sí mismo a un ser condenado a una sed perpetua; un ser que posó su mirada atónita sobre un texto carnal revelatorio pero prohibido.

Texto que leyó en noches de lujuria alcoholizada y una violencia antes impensable entre su cuerpo y el de una mujer. La violencia que descubrió al lado de la sumisa Condesa le asombró porque jamás se imaginó que él pudiese ser capaz de tanta crueldad, de tanto refinamiento enfermo. La deseó más a medida que el laberinto de su pasión se volvió más intrincado y la deseó aún más cuando se dio cuenta de que la amaba como un adicto ama la heroína, con esa desesperación, con esa hambre. Y porque lo que deseaba era prohibido fingió una muerte que en su vanidad consideró poética.

Ahora tenía que descubrir la conexión entre esta otra ciudad fronteriza a la que recién llegaba, Nueva Orleans, y la Condesa. Investigar la relación entre estas calles de calor infernal y la escritura de su piel o el sabor de violeta africana de su sexo. No estaba seguro a partir de qué epitafio sobre qué tumba del cementerio Lafayette o del St. Louis I, o a partir de qué manuscrito perdido en alguna biblioteca, pero estaba convencido de que algo le ofrecería alguna evidencia. Los indicios comenzarán a surgir, algo la traería bajo la luz de la explicación. Todo esto lo intuía únicamente porque no había manera de que pudiese saberlo. Su entendimiento sobre cualquier cosa relacionada con la Condesa era impreciso; no se atrevería a asegurar nada sobre ella. En aquel mapa que dibujó con neurosis y angustia para tratar de orientarse en la confusión de sus deseos, la Condesa ocupó el punto cardinal más enigmático, más misterioso. Pero todo lo que pudo haber pensado de ella en aquel momento no fue sino el producto de la especulación. Por eso el viaje, la nueva fuga a Nueva Orleans. Porque la amó y no estaba autorizado a hacerlo. Porque la amó y ese amor casi lo mata.

2

Hoy sucedió algo interesante. Fui al Trocadero a divertirme un rato con los niños y niñas de la noche y como siempre me aburrí terriblemente. Pero conocí a alguien. No sé quién es, no sé cómo se llama, pero no importa; sé que volverá al Trocadero a buscarme, estoy segura, y por esa razón yo volveré. Lo que sí importa es que a partir de esta noche finalmente hay un hombre que me interesa, que responde a mi necesidad de cerrar el círculo que abrió Domingo hace muchos años. Sé, como supe en el momento en que Domingo y yo reconocimos nuestro deseo mutuo, que se tendió un puente definitivo entre los dos porque en sus ojos vi inscrito el mismo fuego siniestro de los hombres que portan en sus venas la maldición del minotauro. Esa misma desesperación quieta y violenta, esa extranjería perpetua, esa elegancia cínica. No esperaba volver a encontrar a alguien así, menos en San Francisco, que cada vez es una ciudad más predecible y ordinaria. Pero llegó con el taladro de sus ojos a desnudarme, no el cuerpo sino los pensamientos, que es una desnudez aún más difícil de lograr. Hay algo en él que me da miedo. La combinación de su voz profunda, sus movimientos que a veces parecen demasiado calculados, la precisión de cada cosa que sale de su boca, no lo sé. Todavía no lo sé. Pero falta poco para que pueda saciar mi curiosidad. Falta poco para que la luna llena llegue y será esa noche, el miércoles entrante, que volverá a buscarme. Espero poder decirle adiós a todos los hombres y mujeres X que hay en mi vida porque a partir de ahora intuyo que no los necesitaré más.

¿Te estoy resucitando en otro cuerpo, Domingo? Me diste de beber la sangre prohibida y ahora la necesito más que nunca. Me había resignado a no beberla nunca más y su aroma volvió esta noche en el aliento y las palabras de un lector de tatuajes. No sé si lo que se acerca será una especie de traición para lo que aún vive entre nosotros, más allá de la muerte. Iría a Madrid a visitar tu tumba para contarte lo que hoy ha vuelto a mí porque estoy segura de que aprobarías mi intuición. Si estuvieses en mi cuerpo sé que harías lo mismo, Domingo amado. Si yo fuese la muerta, sé que buscarías mi cuerpo en otro cuerpo, mi sangre en otra sangre. Pero no estás y yo tengo que saber si estoy en lo cierto. No serán tus dientes ni tus dedos; no serán tus uñas ni tus labios, pero yo ya no soy la misma de hace nueve años, cuando te di mucho más que la virginidad de mi cuerpo adolescente como los toros en la plaza le entregaban su sangre y su carne al metal de tu espada. Imagino que si me puedes ver estarás sonriendo. Hasta yo sonrío ahora que lo pienso. Iré al Trocadero a encontrarme con él porque aunque no me pidió que así lo hiciera, en sus ojos estaba escrita con claridad la orden. Y yo obedezco órdenes, ¿recuerdas?

3

Julián Cáceres tenía dos semanas en Nueva Orleans y disfrutaba el privilegio del anonimato absoluto. Nadie lo conocía en esa ciudad construida sobre pantanos, viva milagrosamente bajo el nivel del río Misisipi gracias a una complicada serie de diques. Si salía a tomar un café o un trago, lo hacía siempre en lugares distintos. No salía mucho, y cuando lo hacía nunca volvía a aquellos lugares donde hubiese estado antes. Además, prefería salir de noche. En esto comenzó a parecerse a ella.

Porque sus últimos meses en San Francisco fueron una mierda, todavía no comenzaba a extrañar sus calles y sus noches. ¿Qué significa irse? Julián Cáceres nunca se permitió otra opción que la de escapar de realidades que en algún momento se le volvían intolerables. Su estancia en el hospital le obligó a aceptar que siempre fue él quien hizo su realidad intolerable. Es la marca del laberinto y la marca del signo de todas las dudas, concluyó. Cuando terminó de escribir el manuscrito decidió que no volvería a hablar de nada de eso. Se sintió cansado de sus obsesiones y de las palabras con que las explicó. En aquellos meses de aislamiento se dio cuenta de que la escritura podía convertir al escriba en esclavo de su propio discurso. No le quedaba ni siquiera el consuelo de la literatura, porque la Condesa le enseñó a desconfiar de ella. Le debía a la Condesa el secreto de la escritura como una suerte de respiración del cuerpo. No esa abstracción de la tarea humana de escribir; no esa institución hecha de libros, reseñas, editores y ensayos académicos. Porque ella marcó con la escritura del tatuaje su propio cuerpo y en él le enseñó a leer de una manera distinta, es que ahora él podía entender que para ella los tatuajes eran una extensión de la escritura de sus diarios. No nada más los tatuajes sobre la piel, los visibles, sino los otros, especialmente los otros. Ahora la buscaba en su ciudad, recordando finalmente que en la primera conversación que tuvieron ella misma le ofreció la pista de su origen. Estaban sentados en la barra del Trocadero la primera noche que se conocieron, la noche en que él se acercó a ella impulsado por la curiosidad que sus tatuajes le provocaron.

–No. No soy de San Francisco.

Él respondió que en San Francisco ya casi nadie era de San Francisco. Luego ella cambió de tema y comenzó a hablar de Camus. Había leído recientemente su novela póstuma, la que no alcanzó a terminar porque se mató en un accidente automovilístico. Dijo que era un libro donde Camus quiso explorar su origen, y que los libros más importantes eran aquellos en donde los autores emprendían la búsqueda de ese origen.

–¿Y tú tienes alguno?

–Todos lo tenemos, pero muy pocos estamos dispuestos a buscarlo –respondió la Condesa.

Continuó hablando del libro. Le impresionó la imagen del protagonista yendo a visitar la tumba de su padre que murió muy joven durante la guerra. Un padre que él no conoció y que yacía bajo tierra, congelado para siempre en una edad que ahora el hijo superaba. Un padre más joven que su hijo y, por extensión, un hijo más viejo que su padre.

Él hacía preguntas porque quería saber más. Siempre quiso saber cosas concretas sobre su vida, y le tomó algún tiempo acostumbrase a no preguntar, a conformarse con la poca información que ella estuviese dispuesta a confiarle. Después de tantas evasivas, terminó por sentir que no tenía ningún derecho a saber nada. Sin embargo, la Condesa siempre encontró maneras de darle alguna información. Aquella noche le dijo que la ciudad donde nació era una negación. En aquel momento Julián no supo deducir que hablaba de Nueva Orleans, cuyas iniciales formaban esa negación. Probablemente pensó que la Condesa estaba utilizando una metáfora. Aguzó su memoria y logró recordar entonces que hablaban de Camus porque según ella, este escribió que el marqués de Sade había sido el gran negador de la sociedad francesa. De allí a la confesión oblicua de su lugar de nacimiento había una asociación, una manera de vincular realidades que a él le resultaba con frecuencia incomprensible. Luego la Condesa comenzó a explicar su teoría sobre un linaje de escritores preocupados por una escritura a la vez sagrada y prohibida, y en ese linaje ella incluía a Sade y Camus, no alcanzó a explicar los detalles porque la conversación saltó al ruedo del minotauro y del laberinto, que en aquel entonces, y tal vez todavía, era la residencia, la morada de la angustia que ambos habitaban. Pasaron el resto de aquella noche hablando de esas y otras cosas hasta que ella desapareció.

Al día siguiente, mientras exploraba las calles del Barrio Francés, Julián descubrió en un pequeño callejón llamado

Pirate's Alley, una pequeña librería establecida en una sección del primer piso de la antigua casa en la que William Faulkner vivió algunos años. Compró una primera edición de *Réquiem para una monja*, del mismo Faulkner por doscientos dólares, un ejemplar de *La conjura de los necios*, de John Kennedy Toole, y una traducción al inglés de *El primer hombre*, de Albert Camus. Se dedicó el resto de la tarde a leer este último, tratando de no distraerse con la imagen del cuerpo de la Condesa la noche que la conoció bailando en la pista del Trocadero como si hubiese estado haciendo el amor con una bestia invisible, un fauno, o tal vez un demonio.

4

Su vanidad le impidió registrar en el manuscrito que antes de él hubo un hombre importante en la vida de la Condesa. Un hombre prohibido que jugó un papel cuya oscuridad hizo posible el que ella reparase en la existencia de Julián. ¿Cómo lo supo? De los labios de la misma Condesa. Esta omisión era una de las muchas que él justificó diciéndose que a pesar de que se sentía obligado a contar fielmente los hechos, lo que más importaba en el relato no era lo que pasó en la realidad, sino aquello que tenía sentido en la construcción lógica del escrito. No la verdad de la vida, sino la de la escritura.

¿Por qué la Condesa le habló sobre su pasado con Domingo Santos? Esa explicación ni ella misma la tuvo para ella. Se lo contó una noche de las muchas que compartieron en su departamento. La Condesa había vuelto a la recámara con unos bocadillos de caviar y queso crema. Vista desde afuera la escena era casi doméstica. Tomándola de uno de los brazos, Julián la jaló hacia la cama y le abrió la parte superior de la bata de satín de tal modo que las tetas quedasen al descubierto. Con la mano libre tomó uno de los bocadillos, el de queso crema y lo untó al pezón izquierdo. Luego tomó uno de caviar y acercándolo al pezón derecho embarró los huevecillos diminutos en la piel del pecho. Julián amasó ambas tetas y procedió a lamerlas.

–No eres el primero que come caviar de mi cuerpo –dijo con voz grave la Condesa.

Separando su boca del pecho derecho, Julián alzo la vista con extrañeza.

–Nunca me habías hablado de nadie más. No sé si sea necesario hacerlo ahora –respondió con cautela.

–Solamente hoy podría hacerlo. Nunca he hablado de Domingo con nadie –respondió la Condesa con una sonrisa amarga mientras buscaba un Kleenex para limpiarse un poco de queso crema que le había manchado la tela de la bata.

–Domingo –repitió Julián, calculando el poder de un rival desconocido.

–Domingo. –La voz de la Condesa hizo eco, pronunciando sin acento el nombre como si se tratase de un vino importado, caro, difícil de conseguir.

Repitió una vez más la palabra mientras él la miraba a los ojos investigando la clase de emoción oculta tras la pronunciación cuidadosa de ese nombre nuevo. Julián acercó su mano al rostro ahora triste de la mujer y comenzó a recorrerle con el dedo índice el borde de los labios.

La habitación fue invadida entonces por el fantasma de Domingo Santos, invocado por la repetición de su nombre en los labios de los amantes. La Condesa se estiró y tomó un cigarrillo del buró, lo sostuvo entre sus dedos y esperó a que Julián le diera fuego. Él no reaccionó de inmediato. La Condesa dijo «fuego». Al acercarle la llama, Julián se percató de que sus ojos estaban rasados de lágrimas. Evitó hacerle cualquier pregunta y esperó en silencio que ella dijese algo, cualquier cosa.

La recámara estaba prácticamente a oscuras, salvo por la luz de unas velas que ardían sobre un mueble repleto de libros, salvo por la luz rojiza del cigarrillo que se consumía entre los dedos y los labios de la Condesa, salvo por el brillo de los ojos humedecidos de la mujer. El tabaco del cigarrillo quemándose como en una película de David Lynch producía el único sonido digno de ser mencionado. Julián miró con frialdad el cuerpo desnudo de la Condesa. Se sorprendió al verlo frágil. Observó las clavículas salientes, el cuello alto y delgado, la insinuación azulosa de las venas. Con claridad vio en su rostro el rostro de la muerte. Se estremeció y cerró los ojos. Por unos segundos tuvo miedo. Volvió a abrirlos cuando la Condesa habló.

–¿Tú qué hacías a los catorce años?

–Leía. Me masturbaba. Quería irme lejos.

–Qué curioso. –La voz sonaba débil–. Yo también.

La muerte desapareció de su rostro.

–Pero yo tenía un amante. Un amante alto y bello. Un amante con cuerpo de torero, porque era torero. Domingo Santos fue uno de los matadores más grandes de España. Me dio a beber sangre y me enseñó a descubrir qué significado tenía el hecho de que yo tuviese este cuerpo. Un día se metió un tiro en la boca porque le diagnosticaron cáncer, y era demasiado hombre para morirse tirado en la puta cama de un hospital de Madrid.

Julián encendió a su vez un cigarrillo y la miró desconcertado.

–¿Por qué me cuentas esto? –No pudo evitar que en su voz se notara un dejo de resentimiento.

–Porque quiero que tengas muy claro que Domingo es el responsable de que estemos juntos.

Julián endureció los músculos de la cara. Lo que escuchaba le estaba lastimando profundamente. No nada más tenía que agradecerle a un matador español muerto y podrido en su tumba que la Condesa le hubiese regalado sus noches y su cuerpo, sino que toda su frustración con la vida del ruedo volvió de golpe. Él no pudo ser torero porque no tuvo el coraje necesario, el hambre necesaria para serlo. Y ahora venía desde su tumba un torero español a arrebatarle esta mujer.

–Creo que quiero estar sola –dijo la Condesa, pasándole una mano por la mejilla donde el vello duro de la barba de Julián anunciaba que era tarde en la noche.

–¿Quieres que te deje a solas con tu Domingo? –dijo, con una dosis deliberada de veneno, el torero fallido.

La bofetada resonó en la habitación de manera desproporcionada.

–Imbécil. –Los ojos de la Condesa revelaron una capacidad de odio infinita–. No puedo creer la mierda que a veces te sale de la boca.

Julián se pasó el dorso de la mano por la boca y la mejilla. Se sintió avergonzado pero no dijo nada. Se levantó de la cama y se vistió en silencio. No fue sino hasta que estuvo listo para irse cuando al salir del baño se asomó a la habitación de la Condesa y musitó apenas una disculpa que ella ignoró porque en ese momento ya estaba de vuelta entre los brazos fantasmas de Domingo Santos, llorando lágrimas lentas.

¿Por qué no incluyó esta anécdota en su manuscrito? Quizá porque la lógica de su historia no permitía que hubiese otro hombre en el pasado misterioso de la Condesa o tal vez porque de acuerdo con la imagen de ella que él quiso crear en su narración era imposible que ella llorase por nadie.

5

La única persona en San Francisco que podía darle alguna información sobre ella era la que menos hubiese querido conocer en la Tierra.

Había leído sobre ella en algún diario mucho tiempo atrás. Su caso escandalizó a la ciudad entera por tres minutos y después, como siempre sucede en países como este, sin memoria, desapareció tan rápidamente como surgió en los titulares de los diarios. Julián creyó incluso recordar que en algún lugar tenía guardado un recorte sobre ella. Desde su llegada a Estados Unidos siempre se sintió fascinado por los síntomas aberrantes de la enfermedad crónica del imperio, por su obsesivo mecanismo de autodestrucción. Observaba con morbo el proceso de descomposición interna del país que se hacía evidente en cada matanza innecesaria, en cada asesino en serie, en cada oficinista o adolescente a quien se le hacía mierda el cerebro y salía a matar gente a diestra y siniestra. El caso de Linda Baker, sin embargo, rompió algunas de las reglas de la locura convencional y de lo imposible. Parecía sacado de un relato perverso de Bataille.

En mil novecientos ochenta y seis, Linda Baker, una mujer más o menos insignificante, sin logros intelectuales de ninguna clase ni méritos dignos de mención, trabajaba en una funeraria de un pueblo cercano a Los Ángeles. Su desagradable pero necesaria ocupación consistía en lavar los cuerpos de los muertos, asistir al técnico experto en el delicado proceso de embalsamamiento y mantener las instalaciones de la funeraria en orden. Un día, al abrir el negocio en la mañana y recorrerlo como siempre lo hacía para verificar que todo estuviese en orden, el dueño de la funeraria, un tal Mr. Graves, quien llevaba en el apellido la marca de su oficio, se llevó la sorpresa de que el cadáver de un jovencito que había muerto en un accidente de motocicleta había desaparecido. Mr. Graves reportó de inmediato el incidente a las autoridades correspondientes y no fue sino hasta tres días después que la policía local y el FBI descubrieron en Las Vegas, Nevada, el lugar donde Linda Baker se refugió con el cadáver. La noticia fue sensacional: mujer se roba un cadáver, se lo lleva a Las Vegas de luna de miel.

Al principio, cuando la denuncia fue presentada, las autoridades especularon que se trataba de un secuestro y que la mujer pediría un rescate a la familia a cambio de la devolución del cuerpo. Sin embargo, esta hipótesis no tenía mucho sentido; la familia del muerto vivía en un barrio pobre y era lo que en términos derogatorios la clase media mal llamaba *white trash*, pero los investigadores tenían que justificar de alguna manera racional el incidente. Ninguno de ellos estaba preparado para lo que les aguardaba en el motel de paso donde localizaron a la inusual pareja. Cuando elementos de la fuerza antiterrorista de Las Vegas y un grupo de agentes especiales del FBI echaron abajo la puerta rosada de la habitación del motel Pink Flamingo, donde confirmaron que Linda Baker estaba refugiada con el cadáver, pensaron que se habían equivocado de cuarto. Linda Baker, desnuda, de espaldas a la puerta, estaba montada sobre el cuerpo de su amante muerto y se movía sensualmente al compás de *Crazy*, una canción de Patsy Cline.

A simple vista la escena era tan ordinaria –¿qué tenía de raro encontrar una pareja cogiendo en un motel?– que a los agentes les tomó unos pocos pero largos segundos percatarse de que lo que parecía ser el cuerpo común y corriente de un hombre desnudo con una amazona encima de él disfrutando de un paseo al trote de su lascivia, era nada menos que el cadáver secuestrado. Los agentes apuntaron histéricos sus pistolas y a gritos le ordenaron a la mujer que se separara del cadáver. Linda se negó a hacerlo, y fueron necesarios los esfuerzos de tres de ellos para desprenderla del cuerpo al que su pasión enferma la tenía clavada. Cuando finalmente lograron retirarla de su rígida montura, los agentes confirmaron, primero, que el amante de la mujer se trataba del cadáver del chico, y segundo, que tenía una erección enorme, sólida y permanente, que le permitió a Linda Baker hacer uso de ella cada vez que lo hubiese deseado a lo largo de los pocos días que duró su extraña luna de miel con los restos del joven motociclista.

Linda Baker pagó su crimen pasional encerrada en un hospital siquiátrico durante algunos años. Los cargos de secuestro y necrofilia fueron atenuados por el diagnóstico de los sicólogos que la evaluaron y encontraron mentalmente inestable. Durante esa evaluación también descubrieron que fue víctima de abuso sexual cuando era niña y esto, aunado a una sarta de excusas por el estilo que su abogado aprovechó al máximo, redujo la severidad de la condena. Al paso del tiempo Linda Baker fue puesta en libertad condicional. Sus capacidades mentales eran las de una persona aparentemente sana, su conducta normal en la superficie; su apariencia física nada del otro mundo. Gracias a esto pudo pasar inadvertida cuando se reintegró a la vida social cotidiana en el norte de California.

Según su propia versión, tal y como se la refirió a Julián Cáceres en su pequeña casa de las afueras de San Francisco –casa cuyas paredes estaban decoradas con fotos del cadáver aquel que le fueron proporcionadas inexplicablemente por la misma hermana del chico, entre otras imágenes y reproducciones de cuadros de inspiración fúnebre de pésima calidad y peor gusto–, los eventos de unos años atrás no fueron sino otra evidencia ultrajante de la incapacidad de la sociedad y las autoridades de entender una manera «distinta y poco convencional» según sus propias palabras, de amar; percepción que a sus ojos la convertía en una suerte de víctima discriminada por los valores decadentes de la llamada mayoría moral. Linda estaba convencida de que fue el destino y no el azar quien llevó a Larry Burke a esa casa funeraria, a sus ojos y a sus brazos. El hecho de que él estuviese muerto le pareció un detalle menor que no tenía tanta importancia como sí la tuvo el hecho de que durante los seis meses previos al secuestro tuvo sueños premonitorios cuyo significado se hizo evidente cuando el cadáver del chico llegó a la funeraria. Además de los sueños, Linda mencionó lecturas de tarot, avisos del más allá, voces que decía haber escuchado a sus espaldas, llamados provenientes del subsuelo; señales de ultratumba o del destino que en algún momento la hicieron deducir que había algo bajo tierra que estaba vivo. La llegada del cadáver a la funeraria fue el corolario y el premio esperado, dijo.

La noche del secuestro, Linda Baker vio en el rostro del motociclista muerto algo mágico y misterioso que se extendía del mundo de lo onírico al mundo de la realidad de todos los días. Sin sorpresa alguna, confirmó que los rasgos del chico correspondían fielmente al rostro del hombre que la visitó en sus sueños durante los meses que precedieron el encuentro. Para colmo, las iniciales de su nombre, Larry Burke, eran las mismas del suyo. El número de letras de ambos nombres –diez en cada uno de ellos–, y otras señales de esta índole, le hicieron deducir sin mayores preámbulos que el destino había decidido reunirles para que a partir de ese momento estuviesen juntos para siempre. Cuando lo vio desnudo sobre la mesa donde la operación de limpieza de los cadáveres se llevaba a cabo, no pudo contener la emoción. Estaban solos. El embalsamador ya se había ido de las instalaciones del mortuorio y sería ella quien tendría que encargarse del proceso de preparar el cuerpo por su cuenta. Con infinita ternura tomó el rostro entre sus manos y le dio un beso en la frente. Le acarició el pelo, tieso por la sangre seca que le brotó del cráneo fracturado. Tocó el cuerpo con delicadeza, acarició cada herida y procedió a lavarlo con la misma ternura que una madre lava a su hijo recién nacido. Hizo pausas para contemplar la firmeza de los músculos, la perfecta armonía de los miembros, el cabello largo que le caía a los costados de la cara dándole un aspecto de guerrero vencido. Con un paño húmedo limpió el pecho poblado de un vello ligero, el estómago firme, las caderas estrechas, el pubis que era como un jardín de flores negras. Tomó entre sus manos con delicadeza el miembro y se maravilló con su tamaño considerable, su color de almendra seca y su firmeza inusitada.

No era la primera vez que veía un cadáver con la verga parada. Pero nunca vio algo semejante. La verga muerta de Larry Burke tenía una erección notable, inconcebible hasta en un hombre vivo. Contempló largamente el fruto macizo y tangible de sus premoniciones y le ofreció el homenaje de sus besos, el homenaje póstumo de su lengua tibia y de su boca húmeda. Cerró con llave la puerta, se desnudó y se trepó a horcajadas sobre el cadáver para gozar sin inhibición alguna de ese regalo del destino. Fue tanto el placer que el cuerpo inerte del adolescente Larry Burke le produjo, tan intenso su orgasmo, tan nueva la experiencia de ese amor recién nacido del choque carnal entre la muerte y la lujuria, que decidió en ese momento que no permitiría que los gusanos se comieran algo que tendría que ser alimento exclusivo de su deseo.

Todo esto se lo contó Linda Baker a Julián después de que él le hubo contado su historia. Linda también le dijo que en varias ocasiones la Condesa le habló de él sin revelarle su nombre. Apenas fue necesario que Julián le dijera quién era. Parecía saberlo todo, aunque escuchó pacientemente su relato antes de contarle el suyo. Si entiendes el amor como algo que guarda una relación íntima con la muerte, le dijo, entonces tal vez entenderás mi historia. El rechazo de la sociedad la convirtió en una paria absoluta. Pensó en cambiarse de nombre y eventualmente adoptó el apellido de su amante muerto: Linda Burke. Con otro nombre pudo ocultarse en Colma, un suburbio de San Francisco, donde trabajaba haciendo arreglos florales. Continúo disfrutando la belleza y el perfume de la muerte, de las cosas muertas, le dijo a Julián. Su decisión de refugiarse en esa zona de la ciudad fue natural y transparente. Estoy cerca de los cementerios, dijo Linda Baker.

6

Domingo Santos, mi Teseo torero, me contaba cómo se bebía la sangre de los animales recién sacrificados en la plaza de toros de la Ciudad de México. En España nunca lo hizo, pero un torero tan grande como él con frecuencia viajaba a México a participar en los festejos taurinos de la temporada grande. En esa ciudad pagana, donde otros españoles se horrorizaron ante el espectáculo de otros sacrificios casi cinco siglos atrás, Domingo aprendió a apreciar el ritual de la comunión de la sangre. Después de su muerte, de esa, la más noble de todas las muertes, el toro era arrastrado por un par de mulas hasta el interior de la plaza donde un mozo le cortaba la yugular. De esa última herida brotaba un chorro de sangre negra y caliente que los hombres presentes recibían en vasos ansiosos. Todos los varones bebían de esa fuente roja en una ceremonia compartida cuyo propósito era no solamente beberse la sustancia espesa como homenaje a la bravura del toro muerto, sino, al hacerlo, apropiarse de su espíritu, de su fortaleza indomable e invicta hasta la muerte por espada. La sangre del animal se transformaba entonces en brebaje de vida, de fuerza y virilidad.

Así fue como Domingo me enseñó a beberme su saliva. Así bebí la sangre blanca de su verga en noches dominicales de Madrid, donde al volver de la corrida yo le rogaba que se pusiera su traje ensangrentado y me enterrara su espada de carne y me matara. Fui su minotauro hembra, el monstruo precoz oculto en el laberinto de su deseo. Tal vez Domingo nunca entendió los complejos detalles intelectuales de mi apetito, pero su sabiduría de macho no necesitaba de nada que no fuese su instinto, su jerarquía de semidiós. Domingo era una especie de héroe cuyo linaje estaba enraizado en un ritual de siglos. Su poder de matador se articulaba en la espectacular visión de los reflejos de su padre el sol sobre el traje de luces a la mitad de la plaza de toros de Madrid, donde yo al mirarle me humedecía en mi palco. Mis ojos se prendían de su cintura quebrada, de su paso cuidadoso y firme sobre la arena. En la plaza resonaba el eco de su voz poderosa atrayendo la atención de la noble bestia y de los otros miles de ojos depositados en la gloria de su espalda ancha y el bulto expuesto de su sexo. Sólo en una plaza de toros ha resucitado el laberinto. Sólo un Teseo moderno podría entender esa relación entre sangre y músculo, entre sombra y sol, entre cuerpo y muerte.

Domingo Santos, el esposo de mi madre, me enseñó también la relación perfecta que existe entre el sufrimiento y el placer. Aprendí esa lección gracias al ejercicio voraz de sus dientes crueles y su deseo sin límites de someter mi cuerpo a castigos que yo nunca entendí como tales, sino como extensión natural de su pasión de macho. Pasión que nacía en la plaza de toros y se extendía hasta el lecho de mi madre que se convirtió en el nuestro, prohibido tal vez, pero nuestro.

7

Porque nada en la vida es producto del azar puro, Julián Cáceres conoció a alguien que sostenía un extremo del hilo que lo conduciría al centro del laberinto donde la Condesa se refugió. Michael Revery se acercó a él de manera espontánea en un concierto de Crash Worship (o Adoración de Rotura [*sic*] Violenta, como se les conocía en el sur de California) en San Francisco. Antes de que comenzara el concierto, Michael lo había estado observando con curiosidad hasta que finalmente se acercó a preguntarle si buscaba a alguien. Mirándolo con extrañeza, Julián respondió que buscaba a una mujer que posiblemente no estuviese allí, que no sabía su nombre, pero que podía describirla, que podía describir sus tatuajes. Una vez que él hizo mención de los tatuajes, Michael se mostró interesado y le pidió que lo hiciera, que le describiese los tatuajes.

–La única persona que conozco con un gato de ojos amarillos tatuado en la espalda es la Condesa –dijo Michael, acomodándose el pequeño sombrero de fieltro negro que traía puesto y mirándolo fijamente con sus ojos penetrantes.

Julián se estremeció. ¿Cuál era la probabilidad de que la primera persona a quien le preguntaba sobre la Condesa la conociese? Además, ¿cómo era posible que esa persona la conociese por ese nombre que era suyo, que le pertenecía porque él lo eligió para nombrarla?

–¿La Condesa?

–La conocí hace un par de meses. Una amiga mía, Linda Baker Burke, me la presentó. Los tres salimos una noche a tomar unos tragos en La Misión y nos hicimos amigos. La volví a ver varias veces después, pero en algún momento desapareció. Creo que se fue a vivir a Nueva Orleans.

–¿A Nueva Orleans? –preguntó Julián con el corazón saliéndosele del pecho–. ¿Y quién es esa Linda Baker?

–Todo un personaje –dijo Michael, con una sonrisa enigmática.

–Necesito que me digas todo lo que puedas decirme sobre ella –respondió Julián, tratando de no mostrarse demasiado ansioso. Pero la música comenzaría en cualquier momento y Michael estaba más interesado en Crash Worship que en alguien que apenas acababa de conocer. No sería sino hasta que el concierto terminó tres horas más tarde que Michael le contaría parte de la historia de Linda Baker, porque en ese momento entraron al galpón gigantesco donde un ritual de fuego y percusiones, de mujeres desnudas y aullidos evidenciaba el final definitivo del mundo en su sucursal de Frisco.

Esa noche Julián volvió a su casa en un estado de éxtasis que no tenía que ver únicamente con la música de Crash Worship. Hasta hacía unas horas había perdido toda esperanza de encontrar a la Condesa y ahora que existía la posibilidad real de seguirle la pista y dar con ella, no sabía qué hacer. Había hecho planes para acabar con todo y este nuevo acontecimiento los trastornaba. De acuerdo con lo planeado, acabaría la versión definitiva del manuscrito en unos cuantos días. Tendría que tomar una decisión. Aguardó hasta la semana siguiente para hacerlo. Se reuniría con Michael y trataría de sacarle toda la información que pudiese, incluso el número de teléfono de la tal Linda Baker. La cita fue dos días después en un café de La Misión donde Julián pudo desahogarse por primera vez con alguien; era más fácil hacerlo con un desconocido. Le habló a Michael de su larga estancia en el hospital, de su pasión por la Condesa, del amor que no pudo confesarle. Y porque Michael Revery resultó ser un escritor de novela negra le habló hasta del manuscrito que estaba a punto de concluir.

Michael escuchó sin decir nada. Escuchó con el gesto de quien sabe que es dueño de algo importante y no va a compartirlo fácilmente. La certeza de que Michael tenía bajo su manga esa carta del tarot de sus días negros incomodaba a Julián, le hacía especular que su silencio no era de respeto hacia lo que escuchaba sino de duda respecto de lo que sería prudente informarle.

–¿Sabes qué me jode profundamente? –preguntó Julián.

Michael lo miró con curiosidad frunciendo las cejas y la frente amplia, pero permaneció en silencio.

–Que intuyo que hay algo que no sé y que este algo va a cambiar absolutamente toda la perspectiva que yo pueda tener sobre la desaparición de la Condesa.

Salieron del café y entraron al auto de Julián. Permanecieron unos segundos sin hacer ni decir nada hasta que Julián encendió un cigarrillo y respiró profundamente llenándose de humo los pulmones. Michael bajó la ventanilla porque el humo le molestaba.

Michael carraspeó antes de hablar y Julián respiró aliviado porque la cabeza le estaba comenzando a doler y prefería escucharlo a él. Sostenía en sus manos un ejemplar de la primera novela de Michael que se titulaba *Bloody Palms.* Sobre la tapa, impresa con letras góticas amarillas, una inscripción decía: *Move over James Ellroy.* Bloody Palms *is L.A. noir for the new millenium.*

–Y tú, ¿por qué escribiste el manuscrito? ¿Para descubrir la verdad? –Michael preguntó, incómodo por el silencio de los minutos recientes.

–Eso es lo que menos importa. En cuestiones de seducción la verdad es lo de menos.

–No estoy seguro de que la verdad no sea importante. –Arriesgó Michael con cautela.

–Depende de a qué verdad te estés refiriendo.

–A la verdad. La que no puedes soslayar ni siquiera en la literatura.

–Esa no existe. Y si existe y tiene que ver con la literatura no me interesa.

Michael se relamió los labios y volteando hacia la ventanilla susurró apenas:

–Estoy seguro de que puedo probar lo contrario.

Su gesto al voltear nuevamente a verlo era burlón.

–Don't pick fights with me... it's too fucking useless. Ya estoy derrotado de antemano.

–No lo creo. Déjame que te cuente una historia.

–Me encantan las historias; es en lo único que creo a estas alturas –Julián apagó el cigarrillo en el cenicero y se puso otro en la boca. No lo encendió.

–Esta es corta. Muy corta. Había una vez una niña que desde muy temprana edad aprendió cosas de la vida que ningún infante debería saber. Cuando tenía apenas diez años su madre asesinó a su padre, que era un hombre de negocios muy rico e importante en Nueva Orleans, porque descubrió que este abusaba sexualmente de su hija desde que ella tenía seis o siete años. La madre no fue a la cárcel porque durante el juicio el jurado dictaminó a su favor, cosas de Nueva Orleans, además la prensa nunca publicó nada porque la mujer pertenecía a una de las familias más prominentes de la ciudad. La madre se movía en un círculo exclusivo. Era cantante de ópera, era famosa y era rica. Dos años después se volvió a casar, esta vez con un matador de toros español casi diez años menor que ella a quien conoció en París en alguna gira, y se fue a vivir a Madrid, llevándose a su hija. Al cabo de un par de años la niña, ahora una adolescente, se hizo amante del padrastro, tal vez como venganza contra su madre por haberla dejado huérfana. Un día la madre descubrió la relación entre su segundo marido y su hija. En vez de enfrentarlos se marchó a Londres en medio de una crisis de nervios que degeneró y acabó enviándola a un hospital siquiátrico. En algún momento la niña, ahora convertida en mujer, dejó al matador y dejó España para volver a Nueva Orleans; perdió todo contacto con su madre y no fue sino hasta un par de años después que un abogado la logró localizar para informarle del suicidio de la madre en Londres, al que seguiría en menos de dos meses el suicidio a la Hemingway del torero en Madrid. La mujer no atendió el funeral de su madre, pero de todas maneras recibió una cuantiosa herencia, puesto que la cantante no solamente tenía su propia fortuna, sino que terminó heredando una gran cantidad de dinero del mismo hombre a quien asesinó, imagínate. Luego la mujer se fue a vivir a San Francisco, donde continuó escribiendo los diarios que...

–Michael, basta.

Michael le miró fijamente.

–¿No quieres saber el resto de la historia? –preguntó con gesto inocente, acomodándose, como siempre que se ponía nervioso, el sombrerito de fieltro.

–Sí. Pero quiero que vayas al grano –contestó Julián.

–Eso es justamente lo que quiero hacer, pero recuerda que soy un novelista. Yo también amo las historias –replicó Michael.

A esas alturas ya no le cabía la menor duda de que la mujer del cuento era su Condesa. Tampoco le cabía la menor duda de que aquello que más deseaba en el mundo, que era encontrarla, ahora se convertía en una posibilidad real. Sintió que estaba a punto de cruzar un umbral, uno de los más importantes de su vida.

Michael le estaba contando secretos de familia que no le pertenecían a ninguno de los dos, y Julián supuso que lo que la Condesa le contó a Michael (por qué lo había hecho era un misterio sin respuesta) era la verdad de su vida. Pero Michael agregó una nueva pieza de información que le sorprendió más que ninguna otra y le atravesó el corazón y se lo hizo mierda.

–¿Sabes qué me dijo la Condesa sobre ese nombre, «Condesa»? Que se lo había puesto el único hombre a quien verdaderamente amó en su vida adulta; y que en pago ella lo castigó con el silencio.

Julián lo miró fijamente. No estaba preparado para eso. El pasado de la Condesa, poblado de suicidios y crímenes, la cantidad de hechos que en una tarde había logrado averiguar, toda la información que ese hombre prácticamente desconocido le dio en unos cuantos minutos palidecía comparada con esta última pieza del rompecabezas sentimental. No supo qué decir.

Volvió a su casa sintiendo una mezcla indefinible de alegría y pesadumbre. Según Michael, la Condesa lo amaba. No sabía si creerle. No sabía si darle crédito a la historia. Como nunca desde que la conoció, esa noche deseó encontrarla, pero no para someterla a los deseos de su cuerpo, sino para mirarla fijamente a los ojos y tratar de encontrar en ellos la respuesta final. Esa noche no durmió, descubrió en sus pensamientos que la felicidad es una cosa que existe únicamente en el pasado.

8

Las dos pruebas más contundentes de los cambios operados en Ángela Cain desde su retorno a Nueva Orleans eran el guardarropas nuevo, en donde el negro desapareció casi por completo, y el convertible Alfa Romeo Spider color crema estacionado afuera de su casa. En días soleados, Ángela bajaba el capote del Alfa, se ponía sus gafas para el sol, una mascada a la Audrey Hepburn y después de cubrirse la piel pálida con protector solar se perdía en las calles de la ciudad disfrutando del aire que se le metía entre el pelo y de la vista del cielo azul del Caribe norteamericano.

Estaba a punto de terminar las páginas de la libreta de terciopelo negro y aguardaba con ansia el momento en que pudiese retomar la escritura más libre de sus diarios. Se descubrió joven por primera vez en muchos años y se dio permiso a sí misma de serlo. Esa tarde manejaba rumbo al distrito Garden acompañada de un joven extranjero que conoció en Kaldi's. Por primera vez desde que comenzó a frecuentar el café permitió que alguien se le acercase. Y Sergio O'Farrell lo hizo con la excusa de preguntarle dónde había comprado su libreta. Ángela aceptó la compañía del chico, que resultó ser argentino de origen irlandés, y aunque estaba ocupada con las últimas páginas del exorcismo caligráfico, terminó paseándose por el Barrio Francés con el desconocido. Sergio O'Farrell trabajaba para una compañía de inversiones inmobiliarias y acababa de llegar a la ciudad proveniente de Nueva York. Para Ángela la naciente relación era cómoda, porque Sergio no conocía a nadie en Nueva Orleans y podía valerse de él para no estar sola. La soledad había dejado de ser su mejor compañera. Se vieron con frecuencia durante dos semanas y Ángela, a sabiendas de que en algún momento la relación amistosa pudiera convertirse en algo más íntimo, trataba de mantenerla en un nivel superficial. Esto lo facilitó el hecho de que Sergio fuese alguien sin complicaciones de orden existencial e intelectual que demandara grandes esfuerzos de parte de ella. Le parecía refrescante no tener que llevar consigo ningún tipo de defensa.

Aquella tarde era la primera que pasaban juntos en su totalidad y ella lo llevó a visitar el cementerio Lafayette, donde sus antepasados estaban enterrados. Luego comieron una paella de mariscos en un restaurante español de la avenida Magazine. Al cabo de dos horas volvieron al *Vieux Carré.* Ángela no quería invitarlo a su casa y por esa razón aceptó ir al departamento de Sergio cuando él se lo propuso. El argentino vivía como viven la mayoría de los solteros en Estados Unidos, en un piso con pocos muebles, de paredes desnudas, unos pocos platos apilados sin lavar en la cocina. Sin demasiados preámbulos comenzaron a besarse y él la cargó en sus brazos hasta el futón de la recámara. Era la primera vez en muchos meses que Ángela se acostaba con un hombre. En San Francisco utilizó los cuerpos de un par de chicas que estaban perdidamente enamoradas de ella. Llegó a invitar a las dos a su apartamento, donde se encerraron una noche a hacerse el amor con la lentitud y paciencia que ella apreciaba en sus parejas femeninas. Ahora, mientras copulaba con el argentino, no pudo evitar comparar esa experiencia con aquella otra que vivió tan intensamente al lado de Julián Cáceres. Sergio, a sus escasos veintisiete años, le pareció inexperto, apresurado, y sobre todo carente de la malicia que solamente otorga la experiencia. Pero decidió que tal vez la torpeza del argentino obedecía al hecho de que era la primera vez que estaban juntos. Cuando volvió a su casa a las tres de la mañana, Ángela se duchó y se durmió de inmediato, satisfecha de haber accedido a los deseos de su cuerpo. Cuando al día siguiente él la llamó, no contestó el teléfono. Quería poner una distancia estratégica entre los dos. En el mensaje que dejó grabado Sergio, dijo que estaría en Kaldi's a las cuatro de la tarde. Ángela no fue a Kaldi's ese día.

Tres días después Ángela llamó a Sergio, quien se mostró ansioso de verla. Acordaron encontrarse en Molly's at the Market a las nueve de la noche. Cuando llegó al bar, él ya estaba sentado junto a la ventana que daba a la banqueta de Decatur Street. A Ángela le pareció que su nuevo amigo estaba completamente fuera de lugar en Molly's. Sergio tenía el aspecto de un joven inversionista sudamericano –cabello corto, polo *shirt* con cocodrilo y pantalones de verano de gabardina– en contraste con el *look* bohemio y tatuado de los clientes de Molly's. En algún momento Ángela tuvo que reconocer que ella misma, con su vestido nuevo de lino, parecía forastera en ese bar de copas y vicio frecuentado por poetas y artistas oscuros. Pidieron tragos y hablaron de cualquier cosa sin mencionar las horas de intimidad de tres noches atrás. En el segundo trago

Ángela decidió que Sergio le gustaba más de lo que había pensado. Por un instante, mientras lo escuchaba hablar de su natal Buenos Aires, imaginó una relación tranquila, donde no habría espacio para ninguna oscuridad sexual. Una relación sin esposas forradas de terciopelo, sin uñas enterradas en el culo y la espalda. Su cuerpo sería acariciado con paciencia y ternura, nadie la ataría a los postes de ninguna cama, ninguna gota de cera ardiente le quemaría la espalda, su ano no sería profanado con violencia. Deseó poder olvidar las enseñanzas perversas de Domingo y Julián para entregarse sin culpa a las manos jóvenes de Sergio, quien le hablaba con un acento musical sin sospechar por un segundo que los ojos y el cuerpo de Ángela Cain hubiesen vivido tanta oscuridad y tanta muerte.

Ángela percibió las miradas de un grupo de chicos que los observaban con mirada burlona. Eran jóvenes salidos de algún suburbio de Luisiana que acababan de descubrir la vida nocturna de Nueva Orleans. Recordó que esa semana se celebraba una convención de *goths*. Las calles estaban invadidas por vampiros amateurs y vampiresas cuyos padres clasemedieros les pagaban los disfraces de terciopelo y satín para que parecieran hijos e hijas de la noche por un par años hasta que decidieran volver a su verdad estética de Banana Republic. Le pareció ridículo ese afán de comercializar la muerte en una ciudad que era la única en los Estados Unidos que la vivía con autenticidad. Los rostros maquillados de blanco y los *piercings* exagerados le parecieron más absurdos que nunca. Esos chicos confundidos eran producto de las novelas góticas de moda, de los discos y los videos de Marilyn Manson, y creían que el mundo de la noche podía comprarse con una Mastercard en un *shopping mall* y en un *tattoo parlor*. En el pasado, el camino de Ángela se había cruzado con el de chicos que tenían un estilo de vida parecido, pero por pura coincidencia. En el fondo, Ángela despreciaba ese tipo de gente porque, según ella, eran unos impostores. Sergio percibió una incomodidad creciente en Ángela y sugirió un cambio de ambiente.

Salieron de Molly's. Se perdieron entre la multitud de turistas y nativos de la ciudad que circulaban por Jackson Square cerca del muelle. Caminaron en silencio, tomados de la mano. Una hora después, el chico argentino le dijo a Ángela que estaba enamorado de ella. Ángela no dijo nada pero apretó más su mano.

9

¿Sería suficiente para calmar su ansiedad la información que Michael le dio sobre la Condesa? ¿Qué tenía que hacer ahora que sabía que la Condesa estaba enamorada de él? Julián reconoció que a partir de ese momento nada sería suficiente para remediar el dolor que le ahogaba cada célula del cuerpo, salvo la presencia misma de la mujer de fuego. Julián deseó irse para siempre. Consideró la posibilidad de desaparecer. Recordó los casos de aquellos hombres que, hartos de su vida, desecharon su identidad, su nombre y su pasaporte y desaparecieron dejando atrás esposas dolidas, amigos confundidos e hijos abandonados. Él no tenía nada de esto; tenía únicamente tres gatos, su cojera y un dolor metafísico y exquisito de fin de siglo que llevaba como un artículo de lujo decadente, primermundista, masturbatorio. No sabía si poseía el coraje suficiente para irse. Además, ¿a dónde iría? No podía volver a su lugar de origen, a ese país masacrado económicamente, presa de la autodestrucción. Tampoco tenía el menor deseo de irse a Europa. Para él, el resto del mundo no existía. Su país era el cuerpo de la Condesa. Era un converso y necesitaba el alimento sagrado de su nueva religión. Necesitaba aquel cuerpo sumiso, aquella hostia de carne, aquel vino de violetas negras. Por eso tuvo que ir a la casa de Linda Baker con la esperanza de obtener más datos.

Linda Baker le confirmó todo lo que Michael le dijo (y mientras se lo decía él tuvo que controlar esa mezcla de asco y terror que le producía estar en su casa), que la Condesa se había ido para siempre de San Francisco y que estaba en Nueva Orleans. Dijo también que no le diría nada más. Julián miró a su alrededor buscando alguna pista, ¿de qué clase? No lo sabía. Linda Baker vivía en conexión directa con el más allá. Su casa era un altar, tal vez pobre, tal vez vulgar, pero a fin de cuentas un altar a la muerte. Para Julián la experiencia de estar en los dominios de una necrófila auténtica se convirtió en algo todavía más aterrador porque en un momento de su visita se dio cuenta de que, a pesar del horror, su cuerpo se había excitado sexualmente ante la presencia de aquella mujer de alrededor de cuarenta años. Cuando Linda Baker Burke abrió la puerta vestía nada más un camisón blanco transparente. Sus pezones erguidos por el frío y la mata abundante de vello púbico se insinuaban con claridad a través de la tela ajustada. Sus piernas blancas se apretaban contra el camisón y cada vez que le daba la espalda Julián podía ver con claridad el culo todavía firme y redondo. No era bella, su belleza en ese momento residía exclusivamente en el hecho de que estaba desnuda bajo esa tela. Su casa olía a muerte, a carne muerta, a polvo y tumba profanada, puesto que el lecho donde dormía era un ataúd usado que ella misma había recogido de un cementerio cercano. A pesar de eso, esa carne desnuda bajo la tela apelaba al ser enfermo que le habitaba los sentidos desde hacía unos meses, al ser perverso que reclamaba su derecho a existir dentro de él. Algo le hizo reaccionar y se planteó el propósito de no olvidar cada minuto de su estancia en ese lugar que la mujer era una necrófila. Una mujer que cogía con cadáveres, se repitió para ahuyentar su deseo, una violadora de tumbas. Respiró hondo para llenarse el cuerpo de ese olor a corrupción y finalmente logró controlar su deseo de tocar esa carne corrupta. Volvió a pedirle información sobre la Condesa. «No puedo decirte nada más. Está en Nueva Orleans, es lo único que sé», dijo Linda Baker Burke y cerró para siempre la conversación segundos antes de cerrar la puerta atrás de él, que a pesar de haber obtenido la información que necesitaba, se fue preocupado porque el pozo sucio de sus instintos parecía no tener fondo.

10

Tal vez porque arriesgaba la vida cada domingo de la temporada, Domingo Santos le había perdido el respeto a ciertos límites que la mayoría de la gente acepta sin cuestionamientos. Quien sale de su casa en un auto de lujo conducido por un chofer a realizar una faena en un coso taurino, lo hace sin la certeza de que volverá. Dicen los que saben que estos hombres no son inmunes al miedo. Dicen que su valor no es sino miedo transformado en arrojo. Cuando la bestia entra furiosa al centro del ruedo, el torero aguarda parado firmemente en su orgullo y en dos tipos distintos de deseo: el de dominar al toro y el de la inmortalidad.

Únicamente el torero puede aspirar a la inmortalidad, porque únicamente él enfrenta la muerte de esa manera ritual. El matador de toros es un guerrero moderno que cada domingo se postra a implorarle protección a la Virgen para poder vencer las fuerzas oscuras que el toro representa. El toro es la imagen viva de la muerte, la encarnación de las fuerzas de lo irracional, la inteligencia natural del instinto investida de media tonelada de músculo violento. Todo torero respeta, incluso venera, a ese rival involuntario, porque solamente él puede entender la nobleza de su ser antiguo. La fiesta brava es un oficio anacrónico y brutal, es un rito colonial y tradicionalmente masculino porque es una expresión de dominio sobre las fuerzas de la naturaleza. Por lo general la mujer no busca dominar a la naturaleza. La mujer vive en ella y la entiende desde su interior más profundo, tal vez porque en su ser profundo es capaz de dar vida, de crear vida ella misma. El mito de Teseo y Ariadna expresa esta diferencia apropiadamente. Teseo entra a matar al minotauro al corazón en tinieblas del laberinto, mientras Ariadna aguarda afuera para guiarlo nuevamente al exterior valiéndose de una madeja de hilo que Teseo ha ido desenrollando a medida que se adentra en el edificio en busca del monstruo Asterión, que es medio hermano de su amada. El hilo que Teseo recibe de las manos de Ariadna es un cordón de vida, un segundo cordón umbilical que simboliza un segundo nacimiento. Al rescatar a Teseo de las profundidades del laberinto, Ariadna le devuelve la posibilidad de regresar a la vida después de que él ha logrado dar muerte al minotauro Asterión. Gracias al hilo de Ariadna, Teseo logra salir del vientre sangriento de la oscuridad. Por eso el torero brinda, ofrenda la muerte del toro, a la mujer más hermosa de la plaza: la sonrisa de la Ariadna en turno es el hilo erótico que le permite al matador bordar la faena de su sobrevivencia y salir con vida del encuentro con la bestia.

Digamos que un domingo de la temporada grande Domingo Santos sale de su palacete de las afueras de Madrid rumbo a la plaza monumental. Su mujer está en Londres, contratada para ser la misma Carmen de Bizet. Los ensayos de la ópera han comenzado hace dos semanas. La hija de la cantante americana, e hijastra del torero, también ha partido a Londres porque ha querido pasar su cumpleaños con su madre. Cumplirá catorce años y las boutiques inglesas son más prometedoras a esa edad que las de Madrid. Diez días después la niña ha regresado porque sus clases comenzarán en el colegio. En el aeropuerto la aguarda el chofer del padrastro. En su casa la aguarda su nana andaluza, quien se hará cargo de ella durante la prolongada ausencia de la madre. A Domingo no se le puede molestar. Una vez que la temporada taurina comienza, Domingo es inaccesible para todos. El matador agradece la ausencia de la esposa porque necesita concentrarse en su arte. Necesita la libertad que los grandes artistas deben disfrutar para concentrarse en su oficio y en el objeto de su deseo. La niña no existe en su mundo. Para Domingo, la hija adolescente de su tercera esposa nunca ha existido sino como un apéndice de la vida que ellos dos han elegido compartir como pareja mutuamente independiente. Hasta que un sábado, Domingo descubre una mujer joven que sale de la casa rumbo a la piscina vistiendo un traje de baño diminuto. Tomado por sorpresa, Domingo se acerca a la ventana de su estudio, se sirve un vaso de oporto y enciende un cigarrillo francés. Con gran culpa pero con gran placer descubre por primera vez el cuerpo espléndido de la hija de su mujer. Durante la media hora siguiente se ha tomado tres copas de oporto parado junto a su ventana y lo único que desea ahora es tocar la piel fragante de su hijastra, olerla, secarle la espalda con la toalla, tocarle los pechos con la lengua. A los catorce años de edad la niña ya tiene el cuerpo que tendrá a los veinte. Pechos y caderas, cintura y piernas harían imposible pensar que apenas tiene esa edad que es un misterio, un tabú que perturba. Cae la noche y la hijastra ya se ha retirado a dormir. Domingo sigue encerrado en su estudio, bebiendo, oyendo boleros y lamentos de cante jondo, víctima de un deseo nuevo y doloroso.

En una corrida de toros el ritual es preciso y su esencia la misma desde hace siglos. Porque el número cabalístico del mito del minotauro es el tres –el monstruo, Ariadna y Teseo–, el número clave de la tauromaquia es también el tres. No únicamente por la triada divina que protege al matador durante la faena, padre, hijo y espíritu santo, sino que el ruedo mismo se divide en tres tercios, y el tres se repite a lo largo de la fiesta brava. Tres círculos concéntricos marcados con cal señalan claramente cada territorio simbólico; cada corrida es protagonizada por tres toreros, número de la perfección obsesiva y sagrada. Un toque de trompeta da la señal para que comience el paseíllo y entre al ruedo, en un desfile de luces esplendoroso, el cortejo de los matadores con sus respectivas cuadrillas: mozos de espadas, banderilleros, picadores con sus lancetas montados en caballos vendados. Un pasodoble marca el ritmo de quienes entran al ruedo de arena, sol y sombra, mientras miles de reflejos provenientes de sus trajes de luces, seda y oro se disparan en dirección de todas las pupilas. A otra señal de la trompeta, ordenada por el juez de plaza, se abre la puerta de toriles mientras el primer matador aguarda atrás del burladero sosteniendo firmemente su capote y su angustia. El majestuoso animal sale y sus pezuñas levantan agresivas el polvo de la arena. Es el primer tercio de la faena, el de la mirada y el cálculo, el tercio del encuentro. El toro es un ejemplar espléndido, resultado no nada más de su sangre noble y pura, sino también de una crianza dedicada. Los músculos del animal lucen poderosos bajo la pelambre negra; sus ojos lerdos son como brasas quietas o piedras preciosas sin pulir. El torero lo estudia desde atrás de la barrera con un sentimiento ambiguo de miedo y codicia, mira el filo agudo de los cuernos, evalúa los movimientos nerviosos de la piel, el grueso y poderoso cuello, la baba violenta que le escurre de los belfos y salta en latigazos húmedos cada vez que hace girar con brusquedad su testa, hasta que armado de un coraje ciego el matador sale con paso firme a enfrentarlo y entre los gritos de la multitud sedienta de sangre e historia arriesga los primeros pases para tentar la disponibilidad de la bestia.

Domingo apaga el último cigarrillo de la noche y se dirige a su habitación para tratar de arrancarse la imagen del cuerpo de la niña. Para ayudarse se mete a la ducha, pero al salir de ella la imagen del cuerpo mojado de la adolescente prohibida vuelve a él mientras se seca, y una erección lo asalta. Se masturba y en sus ojos cerrados todo es la curva de ese cuello, el perfil de esos pechos duros con sus pezones erguidos, la piel tersa de las nalgas. Termina. Con la respiración entrecortada se seca el pelo y se hunde entre las cobijas para dormir y olvidar. A las cinco en punto de la mañana lo despiertan los gritos de la niña que tiene pesadillas en el cuarto contiguo. No es poco frecuente que las tenga, pero siempre es la madre quien corre a calmarla. Ahora es él quien se levanta y acude a su auxilio. Entra al cuarto y observa cómo su cuerpo dormido se debate en medio del mal sueño. Domingo no enciende la luz, se aproxima a ella y le comienza a acariciar el pelo susurrándole palabras dulces que espera la tranquilicen. La niña continúa gimiendo sin despertar. Domingo no sabe qué hacer. Al segundo siguiente la niña hace un movimiento brusco que deja al descubierto la totalidad de su teta derecha. La sangre se enciende nuevamente en el cuerpo del padrastro, que reacciona como sacudido por un relámpago. Instintivamente lleva su mano hacia ese pecho duro y lo acaricia con el dorso que es más sensible que la palma. Ella no responde, duerme ahora profundamente y nada podría despertarla. Con movimientos penosamente lentos Domingo la despoja de la sábana que la cubre y por largos minutos contempla las piernas que el corto camisón deja expuestas. El cuadro es más perturbador y delicioso porque sabe que debería estarle vedado: el cabello que se le enreda sobre la cara, la teta desnuda que brilla como una luna, los muslos de las piernas separadas que son dos planos de carne en cuyo fondo está el objeto de su sed. Domingo levanta con cuidado el borde del camisón hasta dejar al descubierto la pantaleta donde el bulto del pubis reposa el mismo sueño del resto del cuerpo y acerca su cara para llenarse el pecho de ese olor a vagina limpia y joven. No resiste el impulso de tocar con su aliento, y nada más que con su aliento, ese prodigio de perfume y carne que él supone virgen y que en ese mismo instante ha decidido poseer, no esa noche, pero cuanto antes. El cuerpo de la niña se estremece de manera apenas perceptible al contacto de ese vaho ardiente. Domingo vuelve a su habitación con paso torpe. Ojos y cuerpo infectados de deseo.

En el primer tercio, el de varas, los lances del torero son como los movimientos de un guerrero griego retratado en una vasija cretense; son como los trabajos de Teseo dibujados por manos expertas en jarrones antiguos. El toro es un portento de fuerza bruta que debe ser controlada para que la faena pueda llevarse a cabo con el arte que es preciso. Por esta razón el espada, después de realizar unos pases con el capote, se aleja hacia las tablas e invita a los picadores para que entren montados en sus caballos a aplicarle a la bestia los puyazos necesarios para templar su fuerza y su carácter. La bestia se acerca al picador y en cuanto identifica con su mirada miope al caballo embiste con toda su fuerza el costado del equino que está protegido por una malla gruesa. En el momento en que su cornamenta entra en la malla dura recibe en el lomo de manera simultánea el filo de la lanza del picador que se hunde en su carne para sangrarlo y restarle ímpetu a su cargada. Como el animal es fuerte en extremo, el torero permite que sea picado dos veces más para completar los tres puyazos rituales. El picador se retira entre los abucheos del público y el primer tercio de la faena llega a su término.

Al día siguiente la niña va al colegio y su padrastro se reúne a almorzar como todos los días con su apoderado y su asistente en el restaurante acostumbrado. Domingo está distraído y cansado. Su estado de ánimo no es el de costumbre y los dos hombres que lo acompañan no pueden evitar sentir cierta preocupación. Por razones obvias, Domingo no puede decir nada de lo que ha sucedido la noche anterior. Sabe que ciertos negocios del deseo son personales y prohibidos. El matador se muestra impaciente e irascible, explota a la menor provocación. Bebe su café sin tocar la comida, aleja sin contemplaciones a un aficionado que se acerca a importunarle y corta la reunión para volver a casa. En el camino el chofer, acostumbrado a los cambios de genio de su patrón, guarda el silencio apropiado a las circunstancias. Una vez de vuelta, Domingo se dirige de inmediato a su estudio y se sienta a considerar el paso siguiente. Domingo ya no es él. Deja su escritorio. Sale del estudio. Sube a la habitación de su hijastra. Cierra la puerta. Abre el clóset y descubre las líneas perfectamente alineadas de su ropa: blusas, faldas, vestidos, pantalones, abrigos, sombreros, mascadas. En un cesto de mimbre descubre unas cuantas prendas sucias que esperan ser lavadas. Entre ellas las bragas blancas de algodón que en su centro llevan el sello diminuto de los jugos íntimos de su dueña. Las toma y asume que son las mismas que ella tenía puestas la noche anterior. Con gesto trémulo se las lleva a la nariz para embriagarse con ese aroma íntimo y agridulce de hembra joven. Se las echa en el bolsillo de la chaqueta inglesa de antílope y sale de la habitación. Cuando la niña vuelve del colegio, él ya ha dado instrucciones a la servidumbre para que le digan que suba a su despacho. Con mano tímida abre la puerta y él le dice que pase, que se siente en el sofá de cuero. Le ofrece algo de beber, una Coca-Cola, una limonada. Ella no acepta nada. Domingo se sienta a su lado y observa con disimulo las piernas sin medias, los pechos redondos bajo la blusa del uniforme escolar. La niña lleva el pelo atado y él le dice que le sienta muy bien el pelo suelto, pero ella no está acostumbrada a las atenciones del marido de su madre. Durante los dos años que ha vivido en España se ha acostumbrado a la división clara de esos territorios privados que constituyen las vidas separadas de su padrastro y su madre. Sin embargo, ahora que es mayor, la fama de Domingo la ha comenzado a seducir. En su colegio presume de las proezas taurinas del padrastro y sus amigas piensan e incluso le dicen que Domingo Santos es uno de los hombres más famosos, apuestos y viriles de España. Una de ellas ha dicho que le encantaría follárselo pero ella sabe que todo lo dicho sucede en el contexto de la broma. Domingo es alto, esbelto, tiene ojos oscuros y cabello negro. Su sonrisa es irresistible, como lo son sus habilidades para ser el centro de atención a donde vaya. Domingo la invita a que se vaya con él a la casa de campo el viernes al salir de clases. Pasarán dos noches en la hacienda y volverán el domingo temprano porque esa tarde él tiene corrida. La niña no puede evitar sentirse halagada por la invitación. Las idas a la hacienda son hasta ahora privilegio exclusivo de la madre. Y ella odia a su madre porque a esa edad todas las niñas odian a sus madres, especialmente si la propia ha matado a balazos al padre. Acuerdan salir el viernes por la tarde y ella se retira a sus habitaciones a sacarse el uniforme del colegio, mientras Domingo se encierra en el baño de su despacho a embriagarse una vez más con las bragas pegadas a su rostro y la decencia perdida para siempre.

El segundo tercio, el del castigo florido, inicia, y como el torero tiene una reputación bien ganada de ser un buen banderillero, el público protesta la salida de un banderillero de su cuadrilla. Sin pensarlo demasiado, porque está acostumbrado a complacer a los aficionados, el matador sale al ruedo entre los aplausos crecientes de la gente y toma el par de banderillas decoradas con los colores azules brillantes de la ganadería del encierro. La danza da principio. Ahora no hay capote que le proteja de las astas del toro. Ahora todo depende de sus movimientos veloces, de la agilidad de sus piernas, del quiebre preciso de su cintura esbelta. El toro sangra en el centro del anillo, y le observa con sus ojos miopes. El torero se acerca con paso que es a la vez decidido y elegante, invitando a la bestia a que se una a ese baile coqueto. Los brazos se alzan por encima de su cabeza, las puntas de los dedos sostienen el extremo de madera barata de las banderillas; al otro extremo de sus dedos las puntas filosas de acero. La estampa del paso del torero sobre las puntas de las zapatillas es la imagen bella y anacrónica de una danza milenaria. El torero se detiene a diez metros del animal y cuando este emprende la carga a toda velocidad él se lanza a su vez sobre el cuerpo agresor. Pareciera que lo que seguirá en ese momento es un choque brutal en el centro de la arena donde el matador será fácilmente destruido por el toro, pero a un metro escaso del encuentro el torero cambia rumbo con un giro elegante de caderas para evitar los pitones, y ubicándose a un costado estira los brazos y los baja hasta alcanzar el lomo y dejarle el par de banderillas decididas que quedan clavadas como besos crueles en la carne erizada del animal que muge dolorido sin que su queja se escuche en la plaza, ahogada por los gritos emocionados de los fanáticos que aprueban satisfechos el primer par. El torero decide que un par es suficiente y le permite a los banderilleros de su cuadra que pongan los dos pares siguientes. El segundo par es puesto con precisión, del tercero sobrevive una banderilla y la otra queda tirada en la arena como una flor marchita hasta que un mozo diligente la recoge. El segundo tercio llega a buen término y el torero bebe agua tras las tablas, respirando hondo y secándose el sudor de la frente con un pañuelo de seda bordado con sus iniciales, oloroso al perfume íntimo de su Ariadna.

El viernes de la cita llega y Domingo decide que conducirá él mismo uno de sus autos deportivos. Ordena a su chofer que le prepare el Porsche negro y a las cuatro en punto de la tarde pasa a buscar a su hijastra a las afueras de la escuela. Las dos horas que dura el viaje pasan rápidamente gracias a la espontaneidad lograda en la primera conversación real entre ellos. Domingo conduce el auto a toda velocidad por los estrechos caminos de las afueras de Madrid. Cuando llegan, la servidumbre ya tiene la cena lista, la mesa preparada y dos habitaciones dispuestas. El administrador es un hombre de sesenta años, reservado y respetuoso. Su esposa sirve la comida en silencio y después de hacerlo se retira a las estancias que están al fondo de la propiedad a hacerle compañía a su marido. Durante la cena padrastro e hijastra toman vino. Desde su llegada a Madrid la niña se ha acostumbrado a tomar vino de vez en cuando durante la cena. El vino español es fuerte, espeso, rico en carácter y profundo en su sabor a sustancias de la tierra, a especias dulces y amargas. Es como la sangre misma de los toros que los matadores mexicanos beben después de cada faena, le explica a la chica que le escucha fascinada. Domingo le habla de sus viajes, de la gente famosa que conoce, del auto que le va a regalar cuando cumpla quince años. Ella se da cuenta de que por primera vez en su vida un hombre la trata como mujer, y esto la hace sentirse importante, madura, sofisticada. Domingo la rodea de atenciones y palabras dulces. Elogia su cabello de seda, sus ojos color violeta, tan raros, tan seductores, tan llenos de una luz misteriosa que le da un brillo único a la noche. Domingo también se encarga de mantener llenas las copas de cristal finísimo. Terminan de cenar y en un arranque de espontaneidad ambos comienzan a bailar la música que a ella le gusta y que ha traído consigo en su mochila. Bailan tomados de las manos, ríen al unísono, se tocan, se abrazan. Domingo se dirige a la cocina y vuelve con una botella helada de champaña.

El tercer y último tercio de la faena, el de la posesión y la muerte, se inicia con el cambio de capote a muleta. El matador inicia el tercio definitivo de la ceremonia buscando al toro en su terreno. Toda la ciencia del torero se enfrenta al instinto del astado que a estas alturas ya ha experimentado el acero de la lanza del picador y el filo de las banderillas sobre su lomo. Con los costados cubiertos de sangre y debilitado por la pérdida del líquido, el toro intuye que su vida está en juego y reacciona con cautela, pero con bravura innata, frente al hombre que se acerca a él para retarlo con los lances de su muleta roja. El toro rasca la arena con una pata delantera, bufa, embiste. El matador lo recibe haciendo gala de su oficio de una manera espectacular. A escasos centímetros de su cuerpo cubierto de bordados pasa la bestia buscando la muleta, el torero la desliza sobre la testa, da un giro rápido de ciento ochenta grados y lo espera nuevamente con la muleta presta al otro lado, el animal responde con gracia y bravura y el torero le saca otros dos pases antes de emprender la marcha en otra dirección, mientras saca el pecho brillante de luces y levanta hacia las gradas la frente perlada de sudor y orgullo. El público grita Ole, embriagado por ese momento de poesía pura, seducido por la presteza y el arrojo de su héroe. Ese es el sonido de la inmortalidad. El astado embiste nuevamente y el torero hila varios pases, rematando la serie con una suerte suicida en la que queda parado frente al toro sin la protección de su muleta que sostiene doblada en la mano derecha mientras la izquierda se posa sobre la frente del animal por segundos eternos. Los aplausos y los gritos caen sobre la plaza como guirnaldas y rosas a su paso. Por largos minutos que siempre son insuficientes el matador continúa tejiendo el destino de la tarde. Al día siguiente los cronistas elogiarán el arte del maestro con adjetivos lustrosos. Pero él no piensa en el día siguiente ni piensa en nada porque lo único que cuenta en ese instante es el brillo en los ojos de la noble bestia.

Domingo sirve dos copas de champaña. La niña baila y ríe de modo incontrolable porque está ebria. Nunca ha tomado tanto vino como esa noche. No hay un solo instante de duda en la conciencia de Domingo, que le extiende la copa de cristal como se le extiende un caramelo a una criatura. Domingo brinda a la salud de su amistad eterna y la ninfeta vacía de un trago el contenido de la copa. Con paso torpe se dirige al centro de la estancia y continúa su baile frenético. Los ojos oscuros de Domingo la observan mientras salta y gira. Lleva puesta una falda corta y unas sandalias que dejan sus pies al descubierto. La blusa ajustada se aprieta contra los pechos. El cabello suelto es una telaraña donde queda atrapada la mirada turbia del matador. Al dar vueltas, el culo redondo surge a la vista cubierto apenas por las bragas blancas de algodón. Domingo recuerda las que guarda en su escritorio, piensa en el olor de aquellas bragas idénticas a estas, en esa mancha apenas perceptible con la que ha perfumado las noches anteriores. La niña se acerca juguetona a Domingo y lo jala para que baile en el centro de la estancia. Él la sigue y aprovecha la cercanía de los cuerpos para rozarle los pechos, para buscar la cintura inquieta, para alzarla en vilo en un momento en que ella se descuida y sostenerla contra sí en el aire con la falda subida, rodeándole las nalgas con sus brazos desnudos. La sostiene en esa posición y mete su rostro en medio de los pechos tiernos. Domingo gira y gira mientras la niña ríe cada vez con más fuerza. Al bajarla se asegura de que los pechos le recorran el cuerpo y el vientre le recorra la protuberancia del sexo erecto. Ella parece no darse cuenta de esto. Cansada se tumba finalmente boca abajo en un sillón y él se acerca a acariciarla. La mano se desliza por el pelo y luego por la espalda. La niña sonríe y se deja hacer. Domingo la despoja de sus sandalias, le acaricia los pies y los tobillos. Ella parece disfrutar ese homenaje delicado. Las manos callosas le acarician ahora las pantorrillas y la piel de atrás de las piernas. A un cierto punto, una de las manos se dirige hacia la espalda buscando una apertura entre la falda y la blusa mientras la otra se concentra en un muslo. La niña respira ahora con tranquilidad y recibe las caricias con una especie de ronroneo que enardece al hombre y le alienta a continuar la búsqueda del centro de ese cuerpo dócil. La mano izquierda acaricia la piel de la espalda baja mientras la otra ya entra al territorio de piel oculto todavía por la falda. Ella hace un movimiento brusco que desconcierta a Domingo por un instante; apoyándose en un brazo hace girar su cuerpo y ante la mirada atónita del hombre queda boca arriba con los ojos cerrados y las piernas ligeramente separadas. Él sonríe y desabrocha el botón superior de la blusa sin encontrar ninguna resistencia. Acaricia con movimientos circulares de los dedos de una mano el nacimiento de la división de los pechos, la otra, abajo de la falda, se insinúa en la cercanía de las bragas. Roza el borde del bulto de su sexo y ella emite un gemido ligero que delata el placer que siente. Domingo desabrocha otros dos botones de la blusa y con cuidado separa de su cuerpo la tela para dejar al descubierto los pechos todavía cubiertos por el sostén. Porque el instinto de la hijastra le ha hecho separar aún más las piernas la otra mano ya ha entrado al territorio de las nalgas y en un movimiento vertical acaricia lentamente esa piel y esos músculos duros. Con dedos hábiles, la mano izquierda de Domingo se ha deslizado bajo la espalda y desabrocha el sostén. La niña emite el primer sonido que asemeja una protesta, el principio de un «no» que se escucha demasiado tímido para que él lo identifique como negativa –tal vez no se trata de una negativa. Domingo entonces se acerca hacia su boca y toca levemente con sus labios los labios entreabiertos. La otra mano percibe con deleite una humedad delatora tras la tela de las bragas. Alentados por esto, los dedos separan la tela y comienzan a acariciar los labios vaginales. Mientras tanto la otra mano ocupa la totalidad de la teta izquierda y se sorprende de su firmeza y su tamaño. Los labios se mueven hacia el pezón duro y lo muerden. Visto desde afuera, el placer de la niña es ambiguo. Sus ojos están cerrados con fuerza, su boca entreabierta emite sonidos imprecisos que hacen difícil identificar su contenido. Los dedos índice y pulgar de la mano izquierda de Domingo aprietan el pezón de esa teta joven mientras el dedo medio de la otra mano ha encontrado el clítoris inexperto. La tentación del aroma de violeta fresca es demasiado para Domingo que con decisión levanta la grupa y la libera de las bragas de algodón. Todavía de rodillas, acomoda el cuerpo indefenso en el sillón y tomando entre sus manos el culo desnudo como si tomase una vasija de agua, se lleva esa vasija de carne hacia los labios y hunde la lengua entre los muslos que contienen el sabor más dulce que jamás haya experimentado en la boca. Bebe y lame, chupa y muerde, mientras la niña gime y se lleva las manos a la cara sin saber qué hacer con ese placer nuevo, con ese gran placer para el que nadie sabe si está lista, ni siquiera ella, ni siquiera ese hombre que la bebe con una sed para la que no hay satisfacción en este mundo.

El torero no escucha las palabras y las recomendaciones de la gente que integra su cuadrilla. Su mirada alterna entre la espada que entra ahora firmemente en los pliegues rojos de la muleta y el cuerpo sangrante del toro que le aguarda en el segundo círculo del ruedo. Se acomoda el chalequillo y abandona el burladero. Los muletazos del diestro confirman por qué es el torero más grande de su patria. Pase a pase continúa bordando una de las faenas más grandes de su carrera. Los aficionados en las gradas se han dado cuenta de que lo que sucede en el centro de la plaza es un momento irrepetible y contemplan incrédulos ese espectáculo del que darán detallada cuenta a sus amigos al día siguiente. El torero decide que ha llegado el momento de la muerte. Pide permiso al juez para sacrificar al toro. El juez se levanta y se saca la boina vasca en señal de aprobación. El torero agradece con una reverencia y se dirige hacia las tablas. Ahora tiene que brindar el toro a la mujer más bella de la plaza. Con paso firme Domingo se dirige hacia el palco de honor donde Ángela está sentada. Se quita la montera y mirándola fijamente a los ojos le ofrece como homenaje la muerte de la bestia, da un giro y de espaldas a ella arroja la montera que cae sobre el regazo de su hijastra como un ave negra muerta. Ella la recibe un tanto confundida porque no sabe qué hacer con los miles de ojos que la miran y aplauden el gesto delicado del torero de brindarle el toro a una niña. El toro lo mira a la distancia mientras un hilo de baba le chorrea del hocico. Domingo avanza y con la muleta en la diestra lo azuza, lo llama, lo busca. El toro responde a medias y Domingo se mete en su terreno para provocar su ira. La muleta toca el hocico del toro y el animal se lanza tras de ella. En las gradas, cada alma de cada espectador le pertenece en su totalidad al artista. Los gritos de estímulo y adoración surgen espontáneos de las gargantas cada vez que él ejecuta con maestría un nuevo pase. Domingo toma la empuñadura de la espada con la mano derecha indicando que ha decidido acabar con el sufrimiento de la bestia y el público sediento pide más, protesta, sabe que la tarde no ha llegado a su fin, sabe que dentro del animal todavía hay fuerza para prolongar el éxtasis. El toro asume una actitud que es ambigua; por una parte se muestra cansado y débil, pero por la otra reacciona con entereza a los muletazos de Domingo, quien lee con sabiduría cada reacción del animal y sabe qué necesita hacer para que el animal responda. Los movimientos del diestro son precisos porque para ese momento ha practicado toda su vida. Los ojos color violeta de Ángela lo miran fijamente desde la tribuna y Domingo siente en algún momento esa mirada por encima de las miles que se clavan en él. La mirada lo enardece, le hace hervir la sangre y la nuca, y el olor a sangre de la bestia lo estimula todavía más. Avanza decidido y todo en él es gusto de muerte en la boca seca, como todo alrededor de esa trágica pareja es aire de condena, perfume de adrenalina e instinto. Domingo aferra entre sus manos la tela de la muleta para que no se la arrebate en un descuido uno de los cuernos de la bestia. Domingo está ahora fuera del tiempo. Los ojos de Ángela lo miran con fijeza mientras él avanza, mientras su cuerpo avanza porque ha llegado el momento de esa muerte y todo en él es voluntad que se funde con la muerte, con lo que tiene la muerte de prohibido, como lo que toca su cuerpo que es tabú, algo sagrado que en realidad no le pertenece, porque ese otro cuerpo no es suyo. Su mano se aferra al puño de la espada. La toma entre sus dedos, la saca de entre los pliegues ansiosos de la tela y apunta mientras la carne pulsante espera, mientras los ojos de Ángela lo miran más abiertos que nunca y su boca susurra sin que nadie la oiga, «hijo de puta», mientras el cuerpo ya vencido aguarda, resignado, deseoso también de conclusión, presa de un temblor incontrolable, y la multitud ya es nada más un distante eco de bravos, y en su mano derecha el arma enhiesta encuentra el apoyo, necesario para entrar en esa carne que por primera vez recibe indefensa el filo de una muerte, pequeña tal vez, pero definitiva.

Epílogo

Llevaba setenta y dos horas sin dormir. En esa ciudad caribeña era fácil. La ciudad que nunca duerme no es Nueva York, se dijo, sino Nueva Orleans. En esas horas había recorrido las calles, los parques, los cementerios, los museos, las librerías, los muelles y los cafés de la ciudad. Necesitaba familiarizarse con cada centímetro de la zona central de la ciudad. Necesitaba aprender a identificar sus olores, sus sonidos, sus trampas. Podría vivir aquí en mi nuevo exilio porque es como estar en otro país, pensó mientras observaba desde la ventana de Kaldi's a las mujeres que paseaban sus cuerpos cubiertos de tatuajes, visibles gracias a la ropa ligera de verano. Buscó en los establecimientos dedicados a cosas del vudú alguna poción que tuviese el poder de ayudarle a restablecerse por completo. Mientras recorría a pie la ciudad se detenía a escribir notas en una libreta pequeña, porque se había acostumbrado a escribir cada pensamiento en los últimos tiempos. Lo más reciente que escribió fue una serie de aforsimos en torno a algo que llamó «escritura sagrada» en honor a la Condesa, que guardaba sus escritos «sagrados» en unos volúmenes forrados de cuero que él había visto en una repisa encima de su cama. Pensaba que existía una relación íntima entre los signos escritos por una mano y un cambio de conciencia ocurrido en el cerebro y las vísceras del escriba. Una transformación, producto del proceso de crear grafismos, que equivalía a una revelación de origen místico.

Su arribo a Nueva Orleans le daba la oportunidad (¿inmerecida?) de empezar de nuevo. Sabía que nadie puede verdaderamente comenzar de nuevo; no en balde existen el trauma y la memoria, no en balde existen las cicatrices. Pero la reinvención a partir de las cenizas es privilegio exclusivo del inmigrante, del exiliado, del extranjero. No podría empezar a partir de cero, pero podría hacer cambios sustanciales. Después de todo estaba oficialmente muerto. Las autoridades de San Francisco habrían llegado a la conclusión de que después de haber saltado al mar desde el Golden Gate, el cadáver de Julián Cáceres tuvo que haber sido transportado por las olas a algún lugar desconocido. A su alrededor los hombres y mujeres jóvenes de Kaldi's tecleaban en sus computadoras portátiles, fumaban, se tocaban espontáneamente. Qué distinto de San Francisco, pensó. San Francisco había sido secuestrada por las cantidades masivas de dinero procedentes de Silicon Valley que en los últimos cinco años entraron abriendo la puerta de la ciudad a patadas de dólar. El dinero cambió para siempre el carácter de la ciudad. Ahora la única manera de ser un bohemio en sus calles era teniendo inversiones y acciones en compañías de *software*. Aquellos que no lograron ser parte de la nueva bonanza fueron desplazados de sus barrios para darle espacio a los miles de jóvenes que podían pagar la nueva imagen de San Francisco. Observó que en Nueva Orleans, en el Barrio Francés al menos, todavía se respiraba algo que se había perdido en la otra costa del país. Sus pensamientos divagaban. Recapituló algunas de las cosas que hizo antes de partir. Todo parecía haber quedado en orden. ¿Se arrepentía? En absoluto. ¿Extrañaba algo o alguien? Su propia respuesta negativa le sorprendió. No recordó con precisión cuántos días transcurrieron desde su llegada al Big Easy y tampoco le importó. Vida nueva, se dijo. Se sintió como un personaje en una historia de Flannery O'Connor o Mark Twain. La presencia del Misisipi a unos cuantos metros de distancia le pareció un lujo casi excesivo. Hacía demasiado calor para estar vestido de negro, pensó. Tendría que comprarse un nuevo guardarropa para realmente comenzar su vida nueva en la ciudad. Experimentó el deseo irresistible de vestirse de blanco. La idea le dibujó una sonrisa perversa en el rostro. «Julián Cáceres», se dijo en voz alta, «no la vayas a cagar de nuevo».

Solamente dos lugares de Estados Unidos fueron confundidos por islas por los colonizadores europeos: San Francisco y Nueva Orleans. Los primeros colonizadores franceses que llegaron al mando de René Robert Cavelier, Sieur de la Salle, en 1682 a esa región del sur del país y clavaron una cruz en las márgenes del Misisipi reclamando el territorio en nombre de Luis XIV, creyeron que lo estaban haciendo en una isla, y así la bautizaron: La Isla de Orleans. Pero no fue sino hasta 1718 que Jean Baptiste le Moyne, Sieur de Bienville, funda Nueva Orleans como un lugar estratégico para defender las propiedades francesas de los avances del imperio británico. Le Moyne le da ese nombre en honor del Duque de Orleans, regente de Francia, y ordena a sus arquitectos que la diseñen a semejanza de un pueblo típico medieval, con una Place d'Armes como centro nervioso de la nueva ciudad.

La Plaza de Armas de Nueva Orleans está ubicada a dos cuadras de Kaldi's. En el mismo momento en que Julián Cáceres se levantaba de su mesa y se dirigía a la puerta para salir del café, Ángela Cain, la Condesa, daba vuelta en su Alfa Romeo convertible a la Plaza de Armas, o Jackson Square, como ahora se le conoce, y se acercaba a Decatur Street para dar vuelta a la izquierda en dirección a la esquina de Kaldi's. Iba acompañada de Sergio O'Farrell, quien le acariciaba el pelo mientras hablaba.

Julián Cáceres se disponía a caminar por Decatur en dirección contraria, cuando un presentimiento le vino de golpe, un aviso, una señal. Detuvo el paso y comenzó a mirar a su alrededor mientras buscaba algo con el olfato. No sabía qué era lo que buscaba. No podía saberlo.

Ángela detuvo el auto en el semáforo de Decatur y Madison. Se arregló el pelo que traía atado en una cola de caballo y acarició el muslo de Sergio.

–¿Tu casa o mi casa? –preguntó juguetona.

Estaba de un humor excelente. Venían de tomar un trago y unas tapas en Pirate's Alley, a un lado de la catedral de St. Louis y de la casa de Faulkner. El alcohol le despertó la libido. Mientras comían, Ángela se sacó las sandalias y con los pies desnudos le acarició la verga a Sergio por debajo de la mesa.

Julián Cáceres estaba paralizado a una cuadra y media de distancia, entre St. Philip y Dumaine Street, tratando de decidir en qué dirección emprendería la búsqueda porque su instinto le dijo que había llegado el momento, que la Condesa finalmente estaba cerca. Sentía su presencia, la brisa de la tarde le había traído el olor obsceno y familiar de su sexo caliente. Por un segundo que duró una eternidad, porque el tiempo de los sentidos es distinto al tiempo civil, la memoria de ese perfume de terciopelo violento lo sacudió como la luna llena sacude las vísceras de los lobos. Reaccionó con la misma violencia y rapidez con que la sensación lo invadió y sus pupilas se dilataron, su respiración se volvió agitada, su corazón comenzó a latir como un perro que intenta escapar en busca de su presa, porque con frecuencia el corazón de los hombres es un perro.

La luz cambió a verde y Sergio miró a Ángela con un gesto amoroso y divertido.

–La tuya, por supuesto –respondió.

El argentino sabía que Ángela prefería ir a la casa de él porque siempre respondía con evasivas cuando él sugería lo contrario. Pero en los últimos días Ángela ya no era la misma. Sin que él supiese por qué ella se mostraba más dulce y cariñosa, respondía sus llamadas telefónicas con presteza, incluso lo llamaba espontáneamente. Él quiso pensar que sus sentimientos hacia ella finalmente eran recíprocos. Nunca había conocido a una mujer tan misteriosa, que se negaba a hablar de su pasado, que se negaba a darle cualquier información sobre su familia, su origen, sus amores idos. Pero él la aceptaba porque cayó bajo el hechizo de su belleza y de su cuerpo. Cayó bajo el embrujo de esa combinación de inteligencia y sexo con la que Ángela destruía a los hombres que se enamoraban de ella. Sergio pensaba que a su lado podría ser feliz el resto de su vida. Y Ángela se engañaba pensando lo mismo, porque quería olvidar que la voluntad de la sangre y la piel son más fuertes que el deseo de no ser quien uno ha nacido para ser. Ángela puso primera y el Alfa empezó a moverse.

Julián Cáceres comenzó a andar con paso firme en dirección a la Plaza de Armas. Al centro, se dijo, tengo que ir al mismo centro, al origen, al centro en busca del centro, repitió ahora en voz alta. Los ruidos a su alrededor desaparecieron. Los únicos sonidos fueron aquellos que su sangre producía al recorrer vertiginosamente sus arterias y sus venas y el chirrido de sus dientes apretados frotándose entre sí, mientras las venas de su cuello saltaban en busca de los labios de la mujer cercana. Avanzó con paso decidido, a la manera de un matador de toros que en el tercio final entra al ruedo en busca de la bestia, y aunque parecía tener la vista fija, su mirada registraba cada rostro, cada movimiento en un espectro de ciento ochenta grados. Se convirtió en un animal que en la lucha busca su última oportunidad de sobrevivencia. Se transformó en la bestia que ella, la Condesa, Ángela Cain, parió entre sus muslos. Y porque ella lo parió, lo hizo posible, tenía la certeza de que había llegado el momento del reencuentro. Estaba al fin y al cabo en una isla y la carne de su hembra lo llamaba con su perfume violento de violeta ebria. A una cuadra de distancia divisó el convertible que avanzaba lentamente hacia él. Comenzó a correr rumbo a ella.

Ángela se acomoda las gafas oscuras, mete el embrague y cambia a segunda. Es la hora del crepúsculo, la hora ciega.

Nueva Orleans, 1999,
San Francisco, 2001